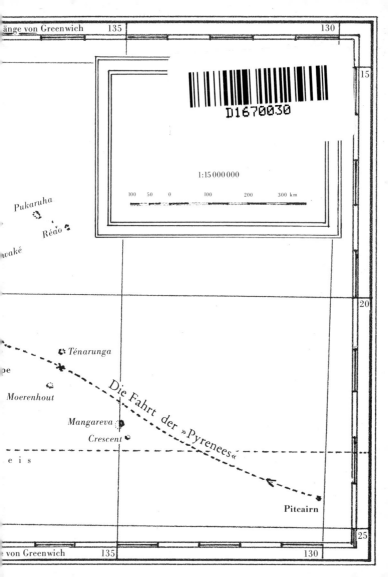

Jack London

LOTSE AUF BRENNENDEM SCHIFF

OGHAM-BÜCHEREI
41

Jack London

Lotse auf brennendem Schiff

Eine Südseegeschichte
Aus dem Englischen neu übersetzt
von Martin Sandkühler

OGHAM VERLAG STUTTGART

Einbandgestaltung von Christiane Lesch
und Lotte Boelger-Kling (Schrift)
Illustrationen von Horst Wolniak

Titel der englischen Originalausgabe:
›South Sea Tales‹. Die Geschichte hat
die Überschrift ›The Seed of McCoy‹,
London 1928

© 1990 OGHAM VERLAG Sandkühler & Co., Stuttgart
Herstellung: Maisch & Queck, Gerlingen

ISBN 3-88455-041-1

Die »Pyrenees«, deren eiserne Planken von ihrer Weizenlast tief ins Wasser gedrückt wurden, rollte träge und machte es dem Manne leicht, der aus einem kleinen Auslegerkanu an Bord kletterte. Als seine Augen in Höhe der Reling kamen, so daß er an Bord sehen konnte, schien es ihm, als sähe er einen schwachen, kaum wahrnehmbaren Dunst. Es war mehr wie eine Illusion, wie ein verschwommener Schleier, der sich plötzlich über seine Augen gelegt hatte. Er spürte eine Neigung, ihn hinwegzuwischen, und dachte zugleich, daß er anfinge, alt zu werden, und daß es Zeit würde, sich aus San Francisco eine Brille zu bestellen.

Als er die Reling erreicht hatte, warf er einen Blick auf die hohen Masten und dann auf die Pumpen. Sie arbeiteten nicht. Mit dem großen Schiffe schien nichts los zu sein, und er fragte sich, warum es das Notsignal gehißt hatte. Er dachte an seine glücklichen Insulaner und hoffte, daß es keine Krankheit wäre. Vielleicht waren das Wasser oder die Vorräte auf dem Schiffe knapp geworden. Er begrüßte den Kapitän, dessen hageres Gesicht und sorgenschwere Augen kein Hehl machten aus dem Unglück, welcher Art es nun sein mochte. In demselben Augenblick spürte der Ankömmling einen feinen, undefinierbaren Geruch. Er schien gleich dem von verbranntem Brot, aber doch anders.

Neugierig blickte er um sich. Zwanzig Fuß entfernt kalfaterte ein Matrose mit müdem Gesicht das Deck. Als seine Augen auf dem Manne verweilten, sah er plötzlich unter dessen Händen eine schwache Dunstspirale aufsteigen, die sich kräuselte, drehte und dann verschwunden war. Inzwischen hatte er das Deck erreicht. Seine bloßen Füße durchzog eine dumpfe Wärme, die schnell durch die dicken Schwielen drang. Jetzt wußte er, welche Art

Unglück das Schiff betroffen hatte. Sein Auge streifte schnell das Vorschiff, wo die ganze Crew gramgesichtiger Seeleute ihn eifrig betrachtete. Der Blick seiner klaren braunen Augen glitt wie ein Segen über sie hin, beruhigte sie und hüllte sie gleichsam in den Mantel eines großen Friedens. »Wie lange brennt das Schiff schon, Kapitän?« fragte er mit einer so sanften, unbeirrten Stimme, daß es wie das Gurren einer Taube klang.

Im ersten Augenblick fühlte der Kapitän den Frieden und die Ruhe, die von jenem ausgingen, in sich einziehen; dann überfiel ihn wieder das Bewußtsein alles dessen, was er durchgemacht hatte und noch durchmachen mußte, und er wurde ärgerlich. Mit welchem Recht flößte dieser Strandräuber in Dungaree-Hosen und Baumwollhemd seiner überlasteten, erschöpften Seele Ruhe und Frieden ein? Das dachte der Kapitän nicht; es war nur die unbewußte Gemütsbewegung, die seinen Unwillen hervorrief.

»Fünfzehn Tage«, antwortete er kurz. »Wer sind Sie?«

»Ich heiße McCoy«, lautete die Antwort in einem Ton, der Sanftmut und Mitleid atmete.

»Ich meine: Sind Sie der Lotse?«

McCoy ließ seinen segnenden Blick über den großen breitschultrigen Mann mit dem hageren unrasierten Gesicht gleiten, der neben den Kapitän getreten war. »Ich bin ebensogut Lotse wie jeder andere hier«, antwortete

McCoy. »Wir sind hier alle Lotsen, Kapitän, und ich kenne jeden Zoll dieser Gewässer.«

Doch der Kapitän war ungeduldig.

»Ich brauche jemand von den Behörden. Ich muß ihn sprechen, und das verdammt schnell.«

»Dann bin ich gerade der rechte.«

Wieder diese einschmeichelnde Andeutung von Frieden, und dabei sein Schiff als glühenden Ofen unter seinen Füßen! Die Augenbrauen des Kapitäns hoben sich ungeduldig und nervös, und seine Fäuste ballten sich, als wäre er im Begriff, dreinzuschlagen.

»Wer zum Teufel sind Sie?« fragte er. – »Ich bin der erste Bürgermeister«, lautete die mit der denkbar sanftesten, angenehmsten Stimme gegebene Antwort.

Der große breitschultrige Mann brach in ein knurriges Lachen aus, das teilweise belustigt, in der Hauptsache aber hysterisch war. Er und der Kapitän blickten beide McCoy mit Unglaubigkeit und mit Staunen an. Daß dieser barfüßige Strandräuber eine so hohe Würde bekleiden sollte, war ihnen unfaßbar. Sein aufgeknöpftes Baumwollhemd zeigte eine graubehaarte Brust und die Tatsache, daß er kein Unterhemd trug. Ein abgetragener Strohhut verbarg nur schlecht das zottige graue Haar. Über die Brust wallte ein ungekämmter Patriarchenbart. In jedem billigen Ramschladen hätten zwei Schilling genügt, ihn so herausstaffieren zu können, wie er vor ihnen stand.

»Sind Sie verwandt mit dem McCoy von der ›Bounty‹?«

»Der war mein Urgroßvater.«

»Ach wirklich«, sagte der Kapitän und bedachte sich dann. »Mein Name ist Davenport, und dies ist mein erster Steuermann, Mr. König.«

Sie gaben sich die Hand.

»Und nun zum Geschäft.« Der Kapitän sprach schnell, die Dringlichkeit zur Eile drängte seine Rede. »Wir haben seit mehr als vierzehn Tagen Feuer. Jeden Augenblick kann die Hölle losbrechen. Deshalb hab' ich auf Pitcairn gehalten. Ich will das Schiff hier auf den Strand laufen lassen oder anbohren, um den Rumpf zu retten.«

»Da haben Sie einen Fehler gemacht, Kapitän«, sagte McCoy. »Sie hätten nach Mangareva fahren sollen. Dort ist ein prachtvoller Strand und eine Lagune, still wie ein Mühlteich.«

»Aber wir sind doch nun einmal hier, nicht wahr?« sagte der erste Steuermann. »Das ist Tatsache. Wir sind hier und müssen etwas tun.«

McCoy schüttelte freundlich den Kopf.

»Hier können Sie gar nichts tun. Hier ist kein Strand. Nicht einmal ein Ankerplatz.«

»Mumpitz!« sagte der Steuermann. »Mumpitz!« wiederholte er laut, als der Kapitän ihm ein Zeichen machte, daß er höflicher sprechen sollte. »So einen Unsinn können Sie mir nicht vorreden. Wo haben Sie denn Ihre eigenen Boote, he – Ihren Schoner, Ihren Kutter, oder was Sie sonst haben, he? Beantworten Sie mir das bitte.«

McCoy lächelte ebenso liebenswürdig, wie er sprach. Sein Lächeln war eine Liebkosung, eine Umarmung, die den müden Steuermann umfing und in die Ruhe und Friedlichkeit von McCoys ausgeglichener Seele zu ziehen suchte.

»Wir haben keinen Schoner oder Kutter«, erwiderte er. »Wir tragen unsre Kanus nach oben auf die Klippen.«

»Das müssen Sie mir schon zeigen«, brummte der Steuermann. »Wie kommen Sie denn zu den andern Inseln, he? Wollen Sie mir das sagen?«

»Wir fahren nicht hin. Als Gouverneur von Pitcairn muß ich manchmal hin. In jüngeren Jahren war ich lange Zeiten unterwegs – zuweilen auf Handelsschonern, meistens aber auf der Missionsbrigg. Aber die existiert nicht mehr, und wir sind jetzt auf vorüberfahrende Schiffe angewiesen. Manchmal kommen bis zu sechs in einem Jahr vorbei. Zu andern Zeiten vergeht ein Jahr und mehr, ohne daß auch nur ein Schiff vorbeikommt. Ihres ist das erste seit sieben Monaten.«

»Und Sie wollen mir erzählen…«, fing der Steuermann an, aber Kapitän Davenport unterbrach ihn.

»Genug davon. Wir verlieren Zeit. Was ist zu tun, Mr. McCoy?«

Der Alte wandte seine braunen Augen, die sanft wie die einer Frau waren, landwärts, und Kapitän und Steuermann folgten seinem Blick, der von dem einsamen Felsen von Pitcairn zu der Mannschaft glitt, die sich vorn zusammengedrängt hatte und ängstlich auf eine Entscheidung harrte. McCoy übereilte sich nicht. Er dachte ruhig und langsam, Schritt für Schritt, mit der Sicherheit eines Verstandes, den das Leben nie verwirrt oder schmählich behandelt hat.

»Der Wind ist jetzt leicht«, sagte er schließlich. »Aber wir haben hier eine schwere Strömung, die uns nach Westen versetzt.«

»Ja, die eben hat uns nach Lee versetzt«, unterbrach der Kapitän und suchte damit seine seemännische Tüchtigkeit zu verteidigen.

»Ja, die hat Sie nach Lee versetzt«, fuhr McCoy fort. »Nein, gegen die Strömung können Sie heute nicht anfahren. Und wenn Sie es täten, kämen Sie an keine Küste. Ihr Schiff wäre total verloren.«

Er machte eine Pause, und Kapitän und Steuermann blickten sich voller Verzweiflung an.

»Aber ich will Ihnen sagen, das Sie tun können. Die Brise wird heute gegen Mitternacht auffrischen – sehen Sie da in Luv die Wolkenzipfel und die Dichte jenseits der Spitze? Von dort, aus Südost, wird der Wind kommen, und zwar kräftig. Bis Mangareva sind es dreihundert Meilen. Brassen Sie und fahren Sie dorthin. Da ist Ihr Schiff prachtvoll aufgehoben.«

Der Steuermann schüttelte den Kopf.

»Kommt in die Kajüte, wir wollen nach der Karte sehen«, sagte der Kapitän.

McCoy fand eine stickige, giftige Atmosphäre in der engen Kajüte. Unsichtbare Gasschwaden bissen ihm in die Augen und ließen sie brennen. Der Fußboden war heiß, fast unerträglich heiß für seine bloßen Füße. Der Schweiß drang aus den Poren seines Körpers. Er blickte sich fast erschreckt um. Diese bösartige innere Hitze war furchtbar. Es war ein Wunder, daß die Kajüte nicht in lichte Flammen ausbrach. Er hatte ein Gefühl, als befände er sich in einem ungeheuren Backofen, dessen Hitze jeden Augenblick schrecklich anwachsen und ihn ausdörren könnte wie einen Grashalm.

Als er den einen Fuß aufhob und die heiße Sohle gegen das Hosenbein rieb, lachte der Steuermann in seiner wilden, knurrigen Art.

»Der Vorraum der Hölle«, sagte er. »Die Hölle selbst ist gerade unter Ihren Füßen.«

»Das nenn' ich eine Hitze!« rief McCoy unwillkürlich aus, indem er sich das Gesicht mit einem bunt gemusterten Taschentuch abwischte.

»Hier ist Mangareva«, sagte der Kapitän, indem er sich über den Tisch beugte und auf einen schwarzen Punkt

mitten in der weißen Leere der Karte zeigte. »Und hier, gerade dazwischen, ist eine andere Insel. Warum die nicht anlaufen?«

McCoy blickte nicht auf die Karte.

»Das ist die Crescentinsel«, antwortete er. »Sie ist unbewohnt und erhebt sich nur zwei bis drei Fuß aus dem Wasser. Lagune, aber keine Einfahrt. Nein, Mangareva ist für unsere Zwecke der nächste Platz.«

»Also dann Mangareva«, sagte Kapitän Davenport, den grollenden Einwand des Steuermanns unterbrechend. »Rufen Sie die Mannschaft nach achtern, Mr. König.«

Die Matrosen gehorchten. Sie schoben sich müde über das Deck und waren mühsam bestrebt, sich zu beeilen. Jeder Bewegung war deutlich die Erschöpfung anzumerken. Der Koch kam aus seiner Kombüse, um zu hören, und der Kajütenjunge hielt sich dicht neben ihm.

Als Kapitän Davenport den Leuten die Lage auseinandergesetzt und ihnen seine Absicht, nach Mangareva zu fahren, verkündet hatte, brach ein Aufruhr los. Vor einem Hintergrund gurgelnden Polterns erhoben sich unartikulierte Wutschreie und hie und da ein deutlicher Fluch, ein Wort oder ein Satz. Eine schrille Cockney-Stimme erhob sich einen Augenblick über den Lärm: »Verdammt! Fünfzehn Tage in der Hölle – und jetzt will er mit dieser schwimmenden Hölle wieder in See!«

Der Kapitän konnte sie nicht im Zaum halten, aber die milde Anwesenheit McCoys schien sie zu beschämen und zu beruhigen, und das Murmeln und Fluchen erstarb, bis die ganze Mannschaft, außer einem oder dem andern ängstlichen Gesicht, das sich dem Kapitän zuwandte, stumm das Verlangen nach den grünbekleideten Gipfeln und der steilen Küste von Pitcairn auszudrücken schien.

Sanft wie ein Frühlingslüftchen war die Stimme McCoys:

»Kapitän, mir war, als hörte ich einige Leute sagen, daß sie Hunger hätten.«

»Allerdings«, lautete die Antwort. »So ist es. Ich habe die letzten zwei Tage nur einen Schiffszwieback und einen Löffel Lachs gegessen. Wir sind auf Ration gesetzt. Sehen Sie, als wir das Feuer entdeckten, verschalten wir sofort die Luken, um es zu ersticken. Dann merkten wir erst, wie wenig Nahrungsmittel im Vorratsraum waren. Aber es war leider schon zu spät. Wir wagten es nicht, das Lazarett anzugreifen. Hunger? Ich hab' genau solchen Hunger wie sie.«

Er sprach wieder mit den Leuten, und wieder erhob sich das Poltern und Fluchen mit verzerrten Gesichtern, tiergleich vor Wut. Der zweite und dritte Steuermann waren zum Kapitän getreten und standen hinter ihm am Rande der Hütte. Ihre Gesichter waren starr und ausdrucklos. Die Meuterei der Mannschaft schien sie eher zu langweilen. Kapitän Davenport blickte seinen ersten Steuermann fragend an, doch der zuckte nur die Achseln, als Zeichen seiner Hilflosigkeit.

»Sie sehen«, sagte der Kapitän zu McCoy. »Sie können keinen Seemann zwingen, auf brennendem Schiff das sichere Land zu verlassen und wieder in See zu gehen. Es ist nun über vierzehn Tage lang ihr schwimmender Sarg gewesen. Sie sind abgearbeitet und ausgehungert und haben genug davon. Wir kreuzen nach Pitcairn.«

Aber der Wind war schwach, der Boden der »Pyrenees« bewachsen, und sie konnte nicht gegen die starke westliche Strömung aufkommen. Nach zwei Stunden hatten sie drei Meilen verloren. Die Matrosen arbeiteten eifrig, als ob sie durch ihre Körperkraft die »Pyrenees« gegen die widrigen Elemente zu treiben vermochten. Aber, ob sie Steuerbord oder Backbord halsten, immer sackten sie wieder nach Westen weg. Der Kapitän wanderte ruhelos auf und ab, blieb gelegentlich stehen, um die hier und dort aufsteigenden kleinen Rauchsäulen zu beobachten und bis zu ihrem Ausgangspunkt auf dem Deck zu verfolgen. Der Zimmermann war andauernd damit beschäftigt, diese Stellen ausfindig zu machen und immer dichter zu kalfatern. »Nun, was meinen Sie?« fragte der Kapitän schließlich McCoy, der den Zimmermann mit dem ganzen Interesse und der Neugier eines Kindes beobachtete.

McCoy blickte nach der Küste, die im zunehmenden Dunst verschwand.

»Ich denke, es ist besser, wir steuern nach Mangareva. Bei dem Wind, der jetzt aufkommt, sind Sie morgen abend da.«

»Wenn aber das Feuer ausbricht?« Das kann jeden Augenblick geschehen.«

»Halten Sie die Boote klar in den Davits. Wenn das Schiff unter Ihnen in Flammen steht, bringt derselbe Wind auch Ihre Boote nach Mangareva.«

Kapitän Davenport überlegte einen Augenblick, und dann hörte McCoy die Frage, die er nicht hatte hören wollen, von der er aber gewußt hatte, daß sie kommen würde.

»Ich habe keine Karte von Mangareva. Auf der großen Karte ist die Insel nur ein Punkt. Ich könnte die Einfahrt in die Lagune nicht finden. Wollen Sie mitkommen und das Schiff hineinlotsen?«

McCoys Ruhe war ungebrochen.

»Ja, Kapitän«, sagte er mit demselben Gleichmut, mit dem er eine Einladung zum Essen angenommen hätte. »Ich fahre mit Ihnen nach Mangareva.«

Wieder wurde die Mannschaft nach achtern gerufen, und der Kapitän sprach zu ihr von der Hütte aus. »Wir haben versucht, das Schiff an Land zu bringen, aber ihr seht selbst, wie wir Grund verloren haben. Wir treiben in einer Strömung von zwei Knoten ab. Dies ist der Ehrenwerte McCoy, erster Bürgermeister und Gouverneur der Insel Pitcairn. Er will mit uns nach Mangareva fahren. Ihr seht also, daß die Lage nicht so gefährlich ist. Er würde kein solches Angebot machen, wenn er glaubte, sein Leben dabei aufs Spiel zu setzen. Welche Gefahr auch immer damit verbunden ist, so können wir nicht weniger tun als er, der aus freien Stücken an Bord gekommen ist und sie mit uns teilen will. Was sagt ihr also zu Mangareva?«

Diesmal gab es keinen Aufruhr. McCoys Anwesenheit, die Sicherheit und die Ruhe, die von ihm auszustrahlen schienen, hatten Eindruck gemacht. Sie berieten leise untereinander. Es bedurfte keiner besonderen Überredung. Sie waren eigentlich einig und schoben den Londoner als Wortführer vor. Der brave Mann war von dem Bewußtsein seines eigenen Heldentums und dem seiner Kameraden so überwältigt, daß er mit blitzenden Augen ausrief:

»Bei Gott, wenn er will, dann wollen wir auch!«

Die Mannschaft murmelte ihre Zustimmung und ging nach vorn.

»Einen Augenblick, Kapitän«, sagte McCoy, als der andere sich umdrehte, um dem Steuermann Anweisungen zu geben. »Ich muß erst an Land.«

Mr. König war wie vom Schlag gerührt und blickte

McCoy an, als habe er einen Verrückten vor sich. »An Land!« rief der Kapitän. »Wozu? Sie brauchen drei Stunden, um in Ihrem Kanu hinzukommen.«

McCoy maß die Entfernung und nickte.

»Ja, es ist jetzt sechs. Vor neun bin ich nicht an Land. Die Leute können nicht vor zehn versammelt sein. Da der Wind auffrischt, können Sie anfangen, sich gegen ihn aufzuarbeiten, und bei Tagesanbruch können Sie mich dann an Bord nehmen.«

»Aber im Namen aller Vernunft und des gesunden Menschenverstandes!« brach der Kapitän aus. »Warum wollen Sie denn das Volk versammeln? Vergessen Sie denn ganz, daß das Schiff unter meinen Füßen brennt?«

McCoy war so friedlich wie eine sommerliche See, und die Wut des anderen rief nicht das geringste Kräuseln darauf hervor.

»Nein, Kapitän«, gurrte er mit seiner Taubenstimme, »ich vergesse nicht, daß Ihr Schiff brennt. Deswegen gehe ich mit Ihnen nach Mangareva. Aber ich muß mir erst die Erlaubnis erwirken, mit Ihnen fahren zu dürfen. Das ist Brauch bei uns. Es ist eine wichtige Sache, wenn der Gouverneur die Insel verläßt. Die Interessen der Bevölkerung stehen auf dem Spiel, und so haben sie das Recht, abzustimmen, ob sie mir die Abreise erlauben oder verweigern wollen. Aber sie erlauben sie, das weiß ich.«

»Sind Sie dessen sicher?«

»Ganz sicher.«

»Wenn Sie so sicher sind, wozu dann die Umstände? Denken Sie an den Zeitverlust – eine ganze Nacht.«

»Es ist Brauch bei uns«, lautete die unerschütterliche Antwort. »Außerdem bin ich Gouverneur und muß für die Leitung der Insel während meiner Abwesenheit Vorkehrungen treffen.«

»Aber es ist doch nur eine Fahrt von vierundzwanzig Stunden bis Mangareva«, warf der Kaitän ein. »Selbst angenommen Sie würden sechsmal so lange für die Rückfahrt gegen den Wind brauchen, könnten Sie also Ende der Woche zurück sein.«

McCoy lächelte sein breites, wohlwollendes Lächeln. »Es kommen sehr wenige Schiffe nach Pitcairn, und wenn, dann meistens von San Francisco oder ums Kap Horn. Wenn ich Glück habe, bin ich in sechs Monaten wieder da. Es kann sein, daß ich ein Jahr fortbleibe, es kann auch sein, daß ich nach San Francisco fahren muß, um ein Schiff zu finden, das mich zurückbringt. Mein Vater verließ einmal Pitcairn für drei Monate, doch es vergingen zwei Jahre, ehe er zurückkommen konnte. Außerdem sind Sie knapp an Nahrungsmitteln. Wenn Sie gezwungen werden, in die Boote zu gehen, und es kommt schlechtes Wetter, so brauchen Sie Tage, um Land zu erreichen. Ich kann morgen früh zwei Kanus mit Nahrungsmitteln bringen. Getrocknete Bananen sind am besten. Wenn der Wind auffrischt, fahren Sie los. Je näher Sie sind, desto größere Ladung kann ich Ihnen bringen. Auf Wiedersehen!«

Er streckte die Hand aus. Der Kapitän nahm sie und ließ sie nur widerstrebend los. Er schien sich an sie zu klammern, wie ein Ertrinkender an einen Rettungsring. »Wie kann ich wissen, ob Sie morgen wiederkommen?« fragte er.

»Ja, so ist es!« rief der Steuermann. »Wie können wir wissen, ob er sich nicht drückt, um seine eigene Haut in Sicherheit zu bringen.«

McCoy antwortete nicht. Er sah sie sanft und segnend an, und es schien ihnen, als ströme eine Botschaft von der ungeheuren Sicherheit seiner Seele auf sie über.

Der Kapitän ließ seine Hand los, und mit einem letzten schweifenden Blick umfaßte McCoy die Mannschaft, kletterte über die Reling und stieg in sein Kanu.

Der Wind frischte auf, und die »Pyrenees« gewann trotz ihres unklaren Bodens der westlichen Strömung ein Dutzend Meilen ab. Am Morgen lag Pitcairn drei Meilen in Luv, und Kapitän Davenport machte zwei Kanus aus, die auf ihn zukamen. Wieder kletterte McCoy herauf und sprang über die Reling auf das heiße Deck. Ihm folgten viele Pakete mit getrockneten Bananen, jedes in trockene Blätter eingewickelt.

»So, Kapitän!«, rief er, »jetzt brassen Sie die Rahen und fahren ums Leben. Ich bin kein Navigator, wissen Sie«, erklärte er einige Minuten später, als er achtern beim Kapitän stand, dessen Blick über die Takelung seitwärts wanderte, um die Geschwindigkeit der »Pyrenees« zu schätzen. »Bis nach Mangareva müssen Sie sie bringen. Wenn Sie das Land ausgemacht haben, will ich Sie hineinlotsen. Was meinen Sie, wieviel Knoten sie macht?«

»Elf«, antwortete Kapitän Davenport mit einem letzten Blick auf das schnell vorbeigleitende Wasser.

»Elf. Warten Sie; wenn sie die Fahrt beibehält, so sichten wir Mangareva morgen früh zwischen acht und neun Uhr. Um zehn, spätestens um elf hab' ich sie auf dem Strand, und dann sind Sie Ihre Sorgen los.«

Es schien dem Kapitän fast, als sei dieser wundervolle Augenblick bereits gekommen, so groß war die Überzeugungskraft McCoys. Davenport hatte über vierzehn Tage unter dem schrecklichen Druck gelebt, ein brennendes Schiff zu führen, und er begann zu spüren, daß er genug davon hatte.

Ein kräftiger Windstoß traf ihn im Nacken und pfiff ihm um die Ohren. Er maß die Stärke und blickte schnell über Bord.

»Der Wind wird immer stärker«, verkündete er. »Der alte Kasten macht jetzt eher zwölf als elf. Wenn das so bleibt, müssen wir noch heute nacht reffen.«

Den ganzen Tag durchzog die »Pyrenees« mit ihrer Ladung lebenden Feuers die schäumende See. Bei Anbruch der Nacht wurden Oberbram- und Bramsegel eingezogen, und sie flog ins Dunkle hinein, während große schaumgekrönte Wogen ihr nachtosten. Der günstige Wind tat seine Wirkung, und vorn wie achtern war eine deutliche Besserung der Stimmung sichtbar. Während der zweiten Hundewache begann eine sorglose Seele ein Lied und gegen acht Glas sang die ganze Mannschaft.

Kapitän Davenport hatte sich seine Decken heraufbringen und oben auf die Hütte legen lassen.

»Ich habe vergessen, was Schlaf heißt«, erklärte er McCoy. »Ich bin ganz fertig. Aber rufen Sie mich jederzeit, wenn Sie es für nötig halten.«

Um drei Uhr morgens wurde er durch einen sanften Ruck am Arm geweckt. Er setzte sich schnell auf und stützte sich, noch mit dumpfem Kopf, gegen das Deckfenster. Der Wind heulte sein Kampflied in der Takelung, und eine wilde See prallte gegen die »Pyrenees«. Sie rollte, daß erst die eine und dann die andere Reling unter Wasser verschwand, und das Deck die meiste Zeit überschwemmt war. McCoy rief etwas, was Davenport nicht verstand. Er streckte den Arm aus, faßte den andern bei der Schulter und zog ihn so nahe, daß sein Ohr dicht an den Lippen des andern war.

»Es ist drei Uhr«, erklang McCoys Stimme, die immer

noch taubengleich, aber seltsam gedämpft war, als käme sie von weit her. »Wir haben zweihundertundfünfzig Meilen gemacht. Die Crescentinsel ist nur dreißig Meilen entfernt, irgendwo genau vor uns. Es ist kein Feuer auf ihr. Wenn wir die Fahrt beibehalten, stoßen wir auf und sind selbst mitsamt dem Schiff verloren.«

»Was meinen Sie – beidrehen?«

»Ja, beidrehen bis Tagesanbruch. Das kostet uns nur vier Stunden.«

So wurde denn die »Pyrenees« mit ihrer brennenden Ladung beigedreht, schnappte gegen die Zähne des Sturmes und bekämpfte krachend die zermalmenden Wogen. Sie war eine mit Feuersbrunst gefüllte Muschel, an deren Außenseite sich die kleinen Stäubchen von Menschen mühsam anklammerten und ihr im Kampfe durch Ziehen und Zupfen halfen.

»Dieser Sturm ist etwas ganz Ungewöhnliches«, sagte McCoy in Lee der Hütte zu dem Kapitän. »Wenn es richtig zuginge, dürfte es zu dieser Jahreszeit keinen Sturm geben. Aber alles mit dem Wetter ist in diesem Jahr ungewöhnlich. Der Passat ist unterbrochen gewesen, und jetzt heult es direkt aus der Passatecke.« Er wies in die Finsternis, als ob sein Blick schwach Hunderte von Meilen durchdringen könnte. »Es kommt aus Westen. Da ist irgend etwas Großes im Gange – ein Orkan oder so etwas. Wir haben Glück, daß wir so weit ostwärts sind.

Aber dies ist nur ein leichtes Blasen«, fügte er hinzu. »Es wird nicht lange dauern, soviel kann ich Ihnen sagen.«

Bei Tagesanbruch war der Sturm zu normalem Wind abgeflaut. Aber das Tageslicht enthüllte eine neue Gefahr. Es war diesig geworden. Die See war mit einem Nebel oder, besser, mit einem perlgrauen Schleier bedeckt, der den Blick ebenso hinderte wie Nebel, aber doch nur wie ein Schleier auf dem Meere lag, den die Sonne durchdrang und mit glühendem Strahlen füllte.

Das Deck der »Pyrenees« rauchte schlimmer als am vorigen Tage, und die Heiterkeit von Offizieren und Mannschaft war geschwunden. In Lee der Kombüse konnte man den Kajütenjungen wimmern hören. Es war seine erste Reise, und die Todesfurcht saß ihm im Herzen. Der Kapitän wanderte wie eine verlorene Seele umher, nervös an seinem Schnurrbart kauend, mürisch blickend und unfähig, einen Entschluß zu fassen.

»Was meinen Sie?« fragte er, neben McCoy haltmachend, der ein Frühstück aus gebratenen Bananen und einem Krug Wasser zu sich nahm.

McCoy aß die letzte Banane auf, leerte den Krug und blickte sich langsam um. In seinen Augen lag ein sanftes Lächeln, als er sprach:

»Ja, Kapitän, wir können ebensogut treiben wie brennen. Ihr Deck hält es nicht ewig aus. Es ist heute morgen schon heißer. Haben Sie nicht ein Paar Schuhe, das ich anziehen kann? Es wird ungemütlich für meine bloßen Füße.«

Die »Pyrenees« nahm zwei schwere Seen über, als sie herumschwang und wieder vor den Wind gelegt wurde, und der erste Steuermann drückte den Wunsch aus, all dies Wasser unten im Laderaum zu haben, wenn man es nur hineinbringen könnte, ohne die Lukendeckel abzunehmen. McCoy steckte den Kopf ins Kompaßhaus und beobachtete den eingestellten Kurs. »Ich würde sie etwas mehr an den Wind nehmen, Kapitän«, sagte er. »Sie ist abgetrieben während wir beidrehten.«

»Ich hab' sie schon einen Strich höher gesetzt«, war die Antwort. »Ist das nicht genug?«

»Ich würde zwei Strich nehmen, Kapitän. Dies bißchen Wind treibt die westliche Strömung schneller als Sie denken.«

Kapitän Davenport einigte sich mit ihm auf anderthalb Striche und stieg dann, begleitet von McCoy und dem ersten Steuermann hinauf, um nach Land auszuspähen. Es waren Segel gesetzt, so daß die »Pyrenees« zehn Knoten machte. Die See hinter ihnen legte sich jetzt schnell. Es gab keinen Riß in dem perligen Nebel, und gegen zehn Uhr nahm Kapitän Davenports Nervosität zu. Alle Mann waren auf ihrem Posten, bereit, bei der ersten Warnung von »Land voraus« wie die Teufel draufloszuarbeiten, um die »Pyrenees« an den Wind zu bringen. Dies

Land vor ihnen, ein überbrandetes Außenriff, würde gefährlich nahe sein, sobald es sich in diesem Nebel zeigte.

Wieder verging eine Stunde. Die drei Beobachter oben starrten gespannt in den perlgrauen Schimmer.

»Wenn wir nun Mangareva verfehlen?« fragte Kapitän Davenport plötzlich.

McCoy erwiderte sanft, ohne seinen Blick abzuwenden: »Lassen wir sie treiben, Kapitän. Das ist alles, was wir tun können. Die ganzen Paumotuinseln liegen vor uns. Wir können tausend Meilen durch Riffe und Atolle treiben. Irgendwo müssen wir schließlich landen.«

»Also dann treiben wir.« Kapitän Davenport unterstrich seine Absicht, indem er aufs Deck hinunterstieg. »Wir haben Mangareva verfehlt. Gott weiß, wo das nächste Land liegt. Ich wollte, ich hätte noch diesen halben Strich zugegeben«, gestand er einen Augenblick später. »Die verdammte Strömung spielt Schindluder mit einem alten Seemann.«

»Die alten Seefahrer nannten die Paumotus den gefährlichen Archipel«, sagte McCoy, als sie fast wieder bei der Hütte standen. »Gerade diese Strömung war teilweise schuld an dem Namen.«

»Ich sprach einmal mit einem Matrosen in Sydney«, sagte Mr. König. »Er hatte die Paumotus befahren. Er sagte mir, die Versicherungsprämie sei achtzehn Prozent. Stimmt das?«

McCoy lächelte und nickte.

»Nur versichern sie erst gar nicht«, erklärte er. »Die Reeder schreiben ihre Schoner jedes Jahr mit zwanzig Prozent ab.«

»Mein Gott!« stöhnte Kapitän Davenport. »Das bedeutet für einen Schoner eine Lebensdauer von nur fünf Jahren!« Er schüttelte traurig den Kopf und murmelte: »Schlechte Gewässer, schlechtes Fahrwasser!«

Wieder gingen sie in die Kajüte, um die große Hauptkarte zu befragen! aber der giftige Rauch trieb sie hustend und keuchend an Deck.

»Hier ist die Moerenhoutinsel.« Kapitän Davenport bezeichnete sie auf der Karte, die er auf der Hütte ausgebreitet hatte. »Sie kann nicht mehr als hundert Meilen in Lee liegen.«

»Hundertundzehn.« McCoy schüttelte zweifelnd den Kopf. »Vielleicht geht es, aber es ist sehr schwierig. Ich könnte sie dort auf den Strand bringen, möglicherweise aber auf das Riff setzen. Ein schlechter Platz, ein sehr schlechter Platz.«

»Wir wollen unser Glück versuchen«, entschied Kapitän Davenport, und dann machte er sich daran, den Kurs auszuarbeiten.

Früh am Nachmittage wurden die Segel verringert, um zu vermeiden, daß sie nachts vorbeiliefen, und in der zweiten Hundewache zeigte die Mannschaft Spuren von wiederkehrender Heiterkeit. Das Land war so nahe, am Morgen würden ihre Sorgen vorbei sein.

Doch der Morgen brach klar an mit einer strahlenden Tropensonne. Der Südostpassat war nach Osten umgeschlagen und trieb die »Pyrenees« mit einer Fahrt von acht Knoten durch das Wasser. Kapitän Davenport arbeitete sein Besteck mit einer reichlichen Marge für die Abdrift aus und verkündete dann, daß die Moerenhoutinsel nicht mehr als zehn Meilen entfernt sei. Die »Pyrenees« segelte die zehn Meilen, segelte noch zehn Meilen dazu, und die Ausguckleute auf den drei Mastspitzen sahen nichts als das blanke, sonnenbeschienene Meer. »Aber das Land muß dasein sage ich euch«, schrie Kapitän Davenport ihnen von der Hütte aus zu.

McCoy lächelte besänftigend, aber der Kapitän blickte um sich wie ein Verrückter, ergriff seinen Sextanten und machte eine Chronometeraufnahme. »Ich wußte ja, daß es stimmt«, schrie er, als er mit der Beobachtung fertig war. »Einundzwanzig, fünfundfünfzig, Süd; einhundertsechsunddreißig, zwei, West. Da haben Sie's. Wir sind acht Meilen in Luv. Was haben Sie ausgemacht, Mr. König?«

Der erste Steuermann sah auf seine eigenen Zahlen und sagte mit leiser Stimme:

»Einundzwanzig, fünfundfünfzig, stimmt; aber meine Länge ist einhundertsechsunddreißig, achtundvierzig.

Das bringt uns beträchtlich leewärts...« Doch Kapitän Davenport ignorierte seine Zahlen mit so verächtlichem Schweigen, daß Mr. König mit den Zähnen knirschte und mit verhaltenem Atem wild fluchte.

»Abfallen!« befahl der Kapitän dem Mann am Steuer. »Drei Striche – und so halten, während sie läuft!«

Dann kehrte er wieder an seine Zahlen zurück und revidierte sie. Der Schweiß lief ihm übers Gesicht. Er kaute auf seinem Schnurrbart, auf den Lippen, nagte am Bleistift und starrte die Zahlen an, wie jemand, der einen Geist vor sich sieht. Plötzlich zerknüllte er mit einem wütenden Kraftausbruch das beschriebene Papier in seiner Faust und zertrat es. Mr. König grinste rachsüchtig und wandte sich ab, während Kapitän Davenport sich gegen die Hütte lehnte und eine halbe Stunde lang kein Wort sprach, sondern sich damit begnügte, mit einem Ausdruck von Hoffnungslosigkeit nach Lee zu starren.

»Mr. McCoy«, brach er unvermittelt das Schweigen. »Die Karte gibt eine Inselgruppe an, zeigt aber nicht, wie viele es sind. Da oben nach Nord oder Nordnordwest, etwa vierzig Meilen von uns – die Acteoninseln. Wie ist es mit denen?«

»Es sind vier, alle niedrig«, antwortete McCoy. »Die erste nach Südosten ist Matueri – keine Bevölkerung, keine Einfahrt in die Lagune. Dann kommt Tenarunga. Da pflegte ein Dutzend Menschen zu leben, aber sie mögen jetzt alle weg sein. Jedenfalls gibt es dort keine Einfahrt für ein Schiff – nur für Boote. Die beiden andern sind Vehauga und Teua-raro. Keine Einfahrt, keine Bevölkerung, auch sehr niedrig. Da können wir die ›Pyrenees‹ nicht hinbringen, sie würde völlig zum Wrack werden.«

»Was Sie nicht sagen!« Kapitän Davenport war wütend. »Keine Bevölkerung! Keine Einfahrt! Wozu sind denn diese Inseln gut, zum Teufel? Also schön«, bellte er plötzlich wie ein aufgeregter Terrier. »Die Karte zeigt nach Nordwesten zu ein ganzes Gewirr von Inseln. Wie steht es damit? Welche von ihnen hat eine Einfahrt für mein Schiff?«

McCoy überlegte ruhig. Er sah nicht auf die Karte. Alle diese Inseln, Riffe, Untiefen, Lagunen, Einfahrten und Entfernungen waren auf der Karte seines Gedächtnisses verzeichnet. Er kannte sie wie der Städter seine Gebäude, Straßen, Alleen.

»Papakena und Vanavana liegen etwa hundert Meilen, vielleicht etwas mehr, West oder Westnordwest«, sagte er. »Die eine ist unbewohnt, und wie ich gehört habe, ist die Bevölkerung der anderen nach den Cadmusinseln ausgewandert. Jedenfalls hat keine Lagune der beiden Inseln eine Einfahrt. Ahunui liegt noch hundert Meilen weiter nach Nordwesten. Keine Einfahrt, keine Bevölkerung.«

»Aber vierzig Meilen dahinter liegen doch noch zwei

Inseln?« fragte Kapitän Davenport, den Kopf von der Karte erhebend. McCoy schüttelte den Kopf.

»Paros und Manuhungi – keine Einfahrt, keine Bevölkerung. Nengo-Nengo liegt wieder vierzig Meilen hinter ihnen und hat auch weder Bevölkerung noch Einfahrt. Aber die Haoinsel. Das ist der richtige Platz. Die Lagune ist dreißig Meilen lang und fünf breit. Eine Menge Menschen, gutes Trinkwasser. Und durch die Einfahrt kann jedes Schiff der Welt kommen.«

Er schwieg und sah besorgt auf Kapitän Davenport, der, den Zirkel in der Hand, über die Karte gebeugt, gerade ein leises Stöhnen ausgestoßen hatte.

»Näher als die Haoinsel gibt es keine Lagune mit Einfahrt?« fragte er.

»Nein, Kapitän, das ist die nächste.«

»Schön. Es sind dreihundertundvierzig Meilen bis dahin.« Kapitän Davenport sprach sehr langsam und entschieden. »Ich will nicht die Verantwortung für all diese Menschenleben auf mich nehmen. Ich lasse das Schiff auf den Acteoninseln stranden. Und sie ist ein so gutes Schiff«, fügte er bedauernd hinzu, nachdem er den Kurs geändert hatte, wobei er diesmal mehr Rücksicht auf die Westströmung nahm.

Eine Stunde darauf war der Himmel überzogen. Der Südostpassat wehte noch, aber der Ozean war ein Schachbrett von Sturmwolken.

»Um ein Uhr sind wir da«, verkündete Kapitän Davenport zuversichtlich. »Spätestens um zwei. McCoy, Sie sollen sie auf derjenigen aufsetzen, auf der Menschen wohnen.«

Die Sonne kam nicht wieder zum Vorschein, noch war um ein Uhr Land zu sehen. Der Kapitän sah nach achtern auf das trügerische Kielwasser der »Pyrenees«.

»Großer Gott!« rief er. »Eine östliche Strömung! Sehen Sie sich das an!«

Mr. König war ungläubig. McCoy war zurückhaltend, obgleich er sagte, daß es keinen Grund gäbe, warum es in den Paumotus keine östliche Strömung geben sollte. Wenige Minuten später nahm eine Bö der »Pyrenees« vorübergehend allen Wind, und sie lag nun schwer rollend auf den Wogen.

»Wo ist das Tieflot? Über Bord damit ihr dahinten!« Kapitän Davenport hielt die Logleine und beobachtete, wie sie nach Nordosten abtrieb. »Da! Sehen Sie sich das an. Halten Sie mal selber.«

McCoy und der Steuermann versuchten es und fühlten, wie die Leine im Griff des Tidenstroms wild ruckte und zitterte.

»Eine Strömung von vier Knoten«, sagte Mr. König.

»Eine östliche Strömung statt der westlichen«, sagte Kapitän Davenport und blickte McCoy vorwurfsvoll an, als wollte er ihn dafür verantwortlich machen. »Das ist einer der Gründe dafür, Kapitän, daß die Versicherungsprämie in diesen Gewässern achtzehn Prozent beträgt«, antwortete McCoy fröhlich. »So was läßt sich nie voraussagen. Die Strömungen wechseln ständig. Auf der Jacht ›Casco‹ war ein Mann, der Bücher schrieb – ich hab' seinen Namen vergessen. Er verfehlte Takaroa um dreißig Meilen und gelangte nach Tikei, nur wegen der wechselnden Strömungen. Sie sind jetzt allzu sehr windwärts und würden gut tun, einige Striche abzufallen.«

»Aber um wieviel hat diese Strömung mich denn versetzt?« fragte der Kapitän zornig. »Woher soll ich wissen, wieviel ich abfallen muß?«

»Ich weiß es nicht, Kapitän«, sagte McCoy mit großer Sanftmut.

Der Wind setzte wieder ein, und die »Pyrenees« lief mit ihrem rauchenden, in dem klaren grauen Lichte schimmernden Deck direkt nach Lee. Dann halste sie über Backbord und Steuerbord zurück und durchquerte ihre eigene Spur, die See nach den Acteoninseln durchkämmend, nach denen die Ausguckleute auf den Masten vergeblich ausspähten.

Kapitän Davenport war außer sich. Seine Wut nahm die Form verbissenen Schweigens an, und er verbrachte den Nachmittag damit, neben der Hütte auf und ab zu gehen oder sich gegen die Wetterwanten zu lehnen. Bei Anbruch der Nacht, ohne McCoy zu befragen, querte er ab und nahm Kurs nach Nordwest. Mr. König, der verstohlen nach Karte und Kompaß sah und McCoy, der offen und harmlos letzteren befragte, wußten, daß sie nach der Haoinsel fuhren. Um Mitternacht verzogen sich die Wolken, und die Sterne kamen hervor. Kapitän Davenport wurde aufgemuntert durch die Aussicht auf einen klaren Tag. »Morgen früh will ich eine Observation nehmen«, sagte er zu McCoy, »obgleich ich keine Ahnung von unserer Breite habe. Aber ich werde die Sumnersche Methode anwenden und so Klarheit schaffen. Kennen Sie die Sumnersche Linie?« Und er erklärte sie daraufhin McCoy in allen Einzelheiten. Der Tag erwies sich als klar, der Passat blies stetig aus Osten, und die »Pyrenees« machte ebenso stetig ihre neun Knoten. Kapitän und Steuermann berechneten beide die Position nach der Sumnerschen Linie und verglichen die Morgen- und Mittagergebnisse.

»Noch vierundzwanzig Stunden, und wir sind da«, versicherte Kapitän Davenport McCoy. »Ein Wunder, wie das Deck des alten Kastens noch hält. Aber die Planken halten nicht mehr lange. Sie können nicht mehr lange halten. Sehen Sie, sie rauchen Tg für Tag mehr. Und doch war das Deck ganz dicht zu Beginn der Reise. Frisch kalfatert in San Francisco. Ich war ganz überrascht, als das Feuer ausbrach und wir die Luken verschalten. Sehen Sie, da!«

Er brach ab, um mit offenem Munde eine Rauchspirale anzustarren, die sich in Lee des Besanmastes zwanzig Fuß über dem Deck emporringelte.

»Wo kommt das nun her?« fragte er entrüstet.

Darunter war kein Rauch. Vom Deck aufsteigend, durch den Mast vor dem Winde geschützt, nahm er erst in dieser Höhe durch irgendeine Laune Form an und wurde sichtbar. Er ringelte sich vom Maste weg und hing einen Augenblick wie ein drohendes Omen über dem Haupte des Kapitäns. Im nächsten Moment wischte ihn der Wind hinweg und des Kapitäns Mund schloß sich wieder.

»Wie gesagt, ich war überrascht, als wir zuerst die Luken verschalten. Es war ein dichtes Deck und ließ doch den Rauch durch wie ein Sieb. Und seitdem haben wir immer und immer wieder kalfatert. Es muß unten ein furchtbarer Druck herrschen, der soviel Rauch hindurchtreibt.«

An diesem Nachmittage überzog sich der Himmel wieder, und stürmisches, regnerisches Wetter setzte ein. Der Wind wechselte zwischen Südost und Nordost, und um Mitternacht wurde die »Pyrenees« von einer scharfen Bö aus Südwest zurückgetrieben, woher der Wind unaufhörlich blies.

»Wir erreichen Hao nicht vor zehn oder elf«, klagte Kapitän Davenport um sieben Uhr morgens, als das flüchtige Versprechen der Sonne durch trübe Wolkenmassen am östlichen Himmel ausgelöscht war. Und im nächsten Augenblick fragte er kläglich: »Und wie steht es mit der Strömung?«

Die Ausguckleute auf den Masten konnten kein Land melden, und der Tag verging mit regnerischen Flauten und heftigen Böen. Bei Anbruch der Nacht setzte eine schwere See aus Westen ein. Das Barometer war auf neunundzwanzig fünfzig gefallen. Da war kein Wind, und doch begann die unheilvolle See zu wachsen. Bald rollte die »Pyrenees« wie verrückt auf den ungeheuren Wogen, die in unendlicher Prozession aus der Finsternis im Westen heranrollten. Die Segel wurden so schnell gekürzt, wie beide Wachen arbeiten konnten, und als die ermüdete Mannschaft fertig war, konnte man ihre mürrischen und klagenden Stimmen in der Dunkelheit hören, eigenartig tierisch und drohend. Als einmal die Steuerbordwache nach achtern gerufen wurde, um ein Segel zu zurren und zu sichern, zeigten die Leute offen ihren Trotz und Unwillen. Jede ihrer langsamen Bewegungen war ein Protest und eine Drohung. Die Atmosphäre war feucht und klebrig wie Schleim, und bei dem Fehlen des Windes schienen alle Leute nach Luft zu keuchen und zu schnappen. Der Schweiß stand ihnen auf dem Gesicht und den bloßen Armen, und Kapitän Davenport, dessen Gesicht hagerer und sorgenvoller denn je war, mit unruhigen und stieren Augen, wurde von einem Gefühl drohenden Unglücks niedergedrückt.

»Es ist weit im Westen«, sagte McCoy ermutigend. »Schlimmstenfalls werden wir gerade am Rande sein.«

Aber Kapitän Davenport wollte sich nicht beruhigen lassen, und beim Licht einer Laterne las er in seinem Handbuch für Schiffsführer das Kapitel, das vom Verhalten bei Zyklonen handelte. Irgendwo mittschiffs wurde die Stille vom leisen Wimmern des Schiffsjungen unterbrochen.

»Oh, halt den Mund!« brüllte Kapitän Davenport plötzlich mit solcher Kraft, daß alle Mann an Bord erschraken und der Störenfried vor Angst in wildes Geheul ausbrach.

»Mr. König«, sagte der Kapitän mit einer vor Wut und Nervosität zitternden Stimme, »wollen Sie freundlichst nach vorn gehen und diesem Balg mit einem Deck-Mop den Mund stopfen?«

Aber es war McCoy der nach vorn ging und in wenigen Minuten hatte er den Jungen beruhigt und zum Schlafen gebracht.

Kurz vor Tagesanbruch begann der erste Lufthauch sich in Südost zu regen und wuchs schnell zu einer steifen und immer steiferen Brise. Alle Mann waren an Deck und warteten, was dahinterstecken würde. »Es steht gut, Kapitän«, sagte McCoy, dicht an seiner Schulter stehend. »Der Orkan steht westwärts, und wir befinden uns südlich davon. Diese Brise ist nur der Sog. Es wird nicht stärker wehen. Sie können jetzt wieder Segel setzen.«

»Aber was nützt das? Wohin soll ich fahren? Dies ist der zweite Tag ohne Beobachtungen, und wir hätten die Haoinsel schon gestern früh sichten müssen. In welcher Richtung liegt sie, Norden, Süden, Osten oder was? Sagen Sie mir das, und ich setze die Segel sofort.«

»Ich bin kein Seemann, Kapitän«, sagte McCoy in seiner milden Art.

»Ich hab' immer gedacht, daß ich einer sei«, lautete die Antwort, »bis ich in diese Paumotus kam.«

Gegen Mittag hörte man vom Ausguck den Ruf: »Brandung voraus!« Die »Pyrenees« fiel ab, und Segel auf Segel wurde losgemacht und angeholt. Die »Pyrenees« glitt durch das Wasser und kämpfte gegen eine Strömung, die sie in die Brandung zu setzen drohte. Offiziere und Mannschaften arbeiteten wie verrückt, Koch und Kajütenjunge, selbst Kapitän Davenport und McCoy legten Hand mit an. Das hätte ins Auge gehen können. Es war eine Untiefe, eine kahle, gefährliche Stelle, über die unaufhörlich die Seen brachen und auf der niemand leben und nicht einmal Seevögel einen Ruheplatz finden konnten. Bis auf hundert Ellen wurde die »Pyrenees« herangetrieben, ehe der Wind sie klarmachte, und in dem Augenblick, als die Arbeit überstanden war, brach die übermüdete Mannschaft in eine Flut von Flüchen über das Haupt McCoys aus – McCoys, der an Bord gekommen war, die Fahrt nach Mangareva vorgeschlagen und sie alle von der sicheren Pitcairninsel fortgelockt hatte zu sicherem Verderben in diesem furchtbaren, verwirrenden Fahrwasser. Aber McCoys Seele blieb unerschütterlich. Er lächelte sie mit einfachem, liebenswürdigen Wohlwollen an, und irgendwie schien seine erhebende Güte in ihre schwarzen, finsteren Seelen zu dringen, sie zu beschämen und aus dieser Scham heraus die in ihren Kehlen zitternden Flüche zu unterdrücken.

»Schlechte Wasser! Schlechtes Fahrwasser!« murmelte Kapitän Davenport, als das Schiff sich klar zwängte; aber er brach plötzlich ab, um auf die Untiefe zu starren, die achtern hätte sein müssen, sich aber schon im Wetterwinkel der »Pyrenees« befand und sich reißend schnell nach Luv drehte.

Er setzte sich nieder und verbarg das Gesicht in den

Händen. Und der erste Steuermann und McCoy und die Mannschaft, sie alle sahen, was er gesehen hatte. Südlich der Untiefe hatte eine östliche Strömung sie hingetrieben; nördlich von ihr hatte nun eine ebenso reißende westliche Strömung das Schiff gepackt und trieb es weg.

»Ich hab' schon früher von diesen Paumotus reden hören«, seufzte der Kapitän, indem er sein bleiches Gesicht hob. »Kapitän Movendale erzählte mir von ihnen, nachdem er sein Schiff dort verloren hatte. Und ich lachte ihn hinter seinem Rücken aus. Gott vergebe mir, ich lachte über ihn. Was für eine Untiefe ist das hier?« fragte er abbrechend McCoy.

»Ich weiß es nicht, Kapitän.«

»Warum wissen Sie es nicht?«

»Weil ich sie noch nie gesehen und noch nie von ihr gehört habe. Ich weiß, daß sie auf der Karte nicht verzeichnet ist. Diese Gewässer sind noch nie genau durchforscht worden.«

»Dann wissen Sie also nicht, wo wir sind?«

»So wenig wie Sie«, sagte McCoy freundlich.

Um vier Uhr nachmittags wurden Kokospalmen gesichtet, die aus dem Wasser emporzuwachsen schienen. Etwas später erhob sich ein niedriges Atoll über die See.

»Jetzt weiß ich, wo wir sind, Kapitän.« McCoy ließ das Glas von den Augen sinken.

»Das ist die Resolutionsinsel. Wir befinden uns vierzig

Meilen hinter der Haoinsel, und der Wind bläst uns entgegen.«

»Dann wollen wir klarmachen, um das Schiff auflaufen zu lassen. Wo ist die Einfahrt?«

»Es gibt nur eine für Kanus. Aber da wir jetzt wissen, wo wir sind, können wir nach Barclay de Tolley laufen. Es sind nur hundertundzwanzig Meilen von hier, gerade in Nordnordwest. Bei dieser Brise können wir morgen früh um neun Uhr da sein.«

Kapitän Davenport befragte die Karte und kämpfte mit sich.

»Wenn wir hier stranden, müssen wir die Fahrt nach Barclay de Tolley ebensogut in den Booten machen«, fügte McCoy hinzu.

Der Kapitän erteilte seine Befehle, und wieder machte sich die »Pyrenees« auf eine neue Fahrt durch die unwirtliche See.

Und der nächste Nachmittag sah Verzweiflung und Meuterei auf dem rauchenden Deck. Die Strömung hatte zugenommen, der Wind nachgelassen, und die »Pyrenees« war nach Westen abgesackt. Der Ausguck sichtete Barclay de Tolley im Osten, kaum vom Mastkorb aus zu erkennen, und vergebens versuchte die »Pyrenees« stundenlang, sich dorthin durchzubeißen. Immer schwebten wie durch ein Wunder die nur vom Mastkorb aus sichtbaren Kokospalmen über dem Horizont. Von Deck aus waren sie durch die Krümmung der Erde verborgen. Wieder befragte Kapitän Davenport McCoy und die Karte. Makemo lag fünfundsiebzig Meilen nach Südwest. Ihre Lagune war dreißig Meilen lang und die Einfahrt ausgezeichnet. Als aber Kapitän Davenport seine Befehle erteilte, verweigerte die Mannschaft den Gehorsam. Sie erklärten, genug von dem Höllenfeuer unter ihren Füßen zu haben. Dort lag das Land. Was, wenn das Schiff es nicht erreichen konnte? Sie konnten es in ihren Booten erreichen. Laßt das Schiff doch brennen. Ihr Leben war einiges wert. Sie hatten treu dem Schiff gedient, jetzt wollten sie an sich selber denken. Sie stießen den zweiten und dritten Steuermann beiseite, sprangen an die Boote und begannen sie auszuschwenken und zum Niederlassen klarzumachen. Kapitän Davenport und der erste Steuermann näherten sich ihnen nach achtern mit Revolvern in den Händen, als McCoy, der auf das Dach der Hütte geklettert war, zu sprechen anfing.

Er sprach zu den Matrosen, und beim ersten Laut seiner taubengleichen, gurrenden Stimme hielten sie inne, um zuzuhören. Er übertrug auf sie seine eigene unaussprechliche Heiterkeit und seine Ruhe. Seine sanfte Stimme und seine einfachen Gedanken flossen in einem magischen Strom zu ihnen und besänftigten sie gegen ihren Willen. Lange vergessene Dinge fielen ihnen ein, und einige dachten an Wiegenlieder aus der Kindheit, an die

Ruhe und die Zufriedenheit, in Mutters Arm am Ende des Tages. Es gab für sie keine Sorgen, keine Gefahr, keinen Verdruß mehr in der ganzen Welt. Alles war so wie es sein sollte, und daß sie dem Lande jetzt den Rücken drehen und wieder in See stechen sollten, mit der höllischen Hitze unter ihren Füßen, war eine Selbstverständlichkeit.

McCoy sprach ganz einfach; aber es war nicht das, was er sprach. Es war seine Persönlichkeit, die beredter war als alle Worte, die er hätte aussprechen können. Es war eine unfaßbar feine und abgrundtiefe Alchimie der Seele – eine geheimnisvolle Ausstrahlung seines Geistes, verführerisch, voll inniger Demut und doch von gebieterischem Zwange. Es war eine Erleuchtung der finsteren Tiefen ihrer Seelen, eine zwingende Macht von Reinheit und Güte, weit größer als die, die in den blanken, todsprühenden Revolvern der Offiziere wohnte.

Die Männer schwankten widerstrebend, und die getörnten Taue wurden wieder festgemacht. Dann stahlen erst einer und dann der andere und schließlich alle sich betreten weg.

McCoys Antlitz strahlte vor kindlicher Freude, als er vom Dach der Hütte herunterstieg. Es gab keine Schwierigkeiten. So brauchten auch keine verhindert zu werden. Es hatte keinen Aufruhr gegeben, denn in der glückseligen Welt, in der er lebte, war kein Raum dafür. »Sie ha-

ben sie hypnotisiert«, sagte Mr. König grinsend, mit verhaltener Stimme zu ihm.

»Die Jungens sind gut«, lautete die Antwort. »Ihre Herzen sind gut. Sie haben eine schwere Zeit hinter sich, haben schwer gearbeitet und werden es noch tun, bis wir durch sind.«

Mr. König hatte keine Zeit, um zu antworten. Er erteilte Befehle, die Matrosen sprangen gehorsam, und die

»Pyrenees« fiel langsam vom Winde ab, bis ihr Bug in die Richtung von Makemo wies.

Der Wind war sehr leicht und legte sich fast ganz nach Sonnenuntergang. Es war unerträglich heiß, und vorn und achtern versuchten die Männer vergeblich zu schlafen. Das Deck war zu heiß, um darauf zu liegen, und giftige Dämpfe, die durch die Fugen sickerten, krochen wie böse Geister über das Schiff, stahlen sich in Nasen und Luftröhren der Unachtsamen und verursachten Anfälle von Husten und Niesen. Die Sterne blinkten träge an der düsteren Himmelswölbung, und der im Osten auftauchende Vollmond berührte mit seinen Strahlen die Myriaden der Büschel, Gewinde und spinnwebfeinen Schleier von Rauch, die sich das Deck entlang über Reling, Masten und Wanten schlangen, wanden und drehten.

»Sagen Sie«, fragte Kapitän Davenport, sich seine beißenden Augen reibend, »was wurde eigentlich aus der Mannschaft der ›Bounty‹, nachdem sie Pitcairn erreicht hatte? Der Bericht, den ich las, besagte, daß sie das Schiff verbrannten und daß man sie erst nach vielen Jahren wieder entdeckte. Aber was geschah unterdessen? Ich hätte es immer gerne gewußt. Es waren Männer dabei, die den Hals in der Schlinge stecken hatten. Auch einige Eingeborene waren dabei. Und dann Frauen. Es gab den Anschein von Unruhen, gleich vom Start weg.

»Es gab Unruhen«, antwortete McCoy. »Es waren

schlechte Menschen. Sie stritten sich gleich um die Frauen. Einer der Meuterer, Williams, verlor seine Frau. Alle Frauen stammten von Tahiti. Seine Frau fiel bei der Jagd auf Seevögel von den Klippen. Da nahm er einem Eingeborenen die Frau weg. Die Eingeborenen wurden dadurch alle sehr zornig, und sie töteten fast alle Meuterer. Dann töteten die Meuterer, die entkommen waren, ihrerseits alle Eingeborenen. Die Frauen halfen ihnen. Und die Eingeborenen töteten sich untereinander. Jeder brachte jeden um. Es waren schreckliche Menschen.

Timiti wurde von zwei anderen Eingeborenen getötet, während sie ihm freundschaftlich das Haar kämmten. Die Weißen hatten sie dazu angestiftet. Dann wurden sie selbst von den Weißen getötet. Tullaloo wurde von seiner eigenen Frau in einer Höhle getötet, weil sie einen Weißen zum Manne haben wollte. Sie waren sehr verrucht. Gott hatte sein Antlitz von ihnen gewendet. Nach zwei Jahren waren alle Eingeborenen und alle Weißen bis auf vier ermordet. Das waren Young, John Adams, McCoy – mein Urgroßvater – und Quintal. Das war auch ein sehr schlechter Mensch. Einmal biß er seiner Frau ein Ohr ab, nur weil sie nicht genug Fische gefangen hatte.«

»Was für eine Bande!« rief Mr. König aus.

»Ja, sie waren sehr schlecht«, bestätigte McCoy und setzte, heiter gurrend, den Bericht von Blut und Wollust seiner schändlichen Vorfahren fort. »Mein Urgroßvater entging der Ermordung, um von seiner eigenen Hand zu sterben. Er machte einen Destillierkolben und verfertigte Schnaps aus den Wurzeln der Tipflanze. Quintal war sein Kumpan, und sie waren beide immer betrunken. Schließlich bekam McCoy Delirium tremens, band sich einen Steinblock um den Hals und sprang ins Meer.

Quintals Frau, die, der er das Ohr abgebissen hatte, kam auch durch einen Sturz von den Klippen um. Darauf ging Quintal zu Young und verlangte dessen Frau und auch von Adams verlangte er dessen Frau. Adams und Young fürchteten Quintal. Sie wußten, daß er sie töten wollte. So töteten sie ihn, zwei gegen einen, mit einem Beil. Dann starb Young. Und das waren ungefähr alle Unruhen, die sie durchmachten.«

»Das würde ich auch sagen«, schnaubte Kapitän Davenport. »Es gab ja niemanden mehr zum Töten.«

»Sie sehen, Gott hatte sein Antlitz abgewendet«, sagte McCoy.

Am Morgen wehte nur noch ein schwacher Hauch aus Osten, und da er damit keine wesentlichen Fortschritte nach Süden machen konnte, ließ Kapitän Davenport auf Backbord voll und bei aufholen. Er fürchtete sich vor dieser schrecklichen Westströmung, die ihn um so viele Zufluchtshäfen betrogen hatte. Den ganzen Tag und die ganze Nacht dauerte die Flaute, während die Matrosen bei ihrer knappen Ration getrockneter Bananen murrten. Sie begannen die Kräfte zu verlieren und klagten über Magenschmerzen infolge der strikten Bananendiät. Den ganzen Tag trug die Strömung die »Pyrenees« nach Westen, es gab keinen Wind, der sie hätte nach Süden bringen können. Mitten in der ersten Hundewache sichtete man gerade im Süden Kokospalmen, deren büschelartige Häupter sich über das Wasser erhoben und ein niedrig gelegenes Atoll darunter markierten.

»Das ist die Taengainsel«, sagte McCoy. »Wir brauchen heute abend Wind, sonst verfehlen wir Makemo.«

»Was ist aus dem Südostpassat geworden?« fragte der Kapitän. »Warum weht er nicht? Was ist da los?«

»Das machen die Verdunstungen der großen Lagunen – es sind ihrer so viele«, erklärte McCoy. »Die Verdunstung bringt das ganze Passatsystem durcheinander. Sie ist sogar schuld daran, daß der Wind sich dreht und Stürme aus Südwest wehen. Dies ist der gefährliche Archipel, Kapitän.«

Kapitän Davenport sah den alten Mann an, öffnete den Mund und wollte fluchen, hielt sich jedoch zurück. McCoys Gegenwart hemmte die Schmähungen, die sich in seinem Hirn regten und die in seiner Kehle zitterten. Der Einfluß McCoys war während der vielen Tage ihres Zusammenseins gewachsen. Kapitän Davenport war ein Selbstherrscher der Meere. Er fürchtete niemanden, zügelte nie seine Zunge und fand sich nun nicht fähig, in Gegenwart dieses alten Mannes mit den braunen Augen einer Frau und der Stimme einer Taube zu fluchen. Als Kapitän Davenport sich hierüber klar wurde, gab es ihm einen deutlichen Schock. Dieser alte Mann war nur ein Nachkomme McCoys. McCoys von der »Bounty«, des Meuterers, der dem Strick entflohen war, der seiner in England wartete, des McCoy, der in Pitcairns ersten Tagen mit Blut und Wollust und gewaltsamem Tode eine böse Macht gewesen war.

Kapitän Davenport war nicht religiös, aber in diesem Augenblick fühlte er einen starken Impuls, sich dem andern zu Füßen zu werfen und – er wußte selbst nicht, was – zu sagen. Es war eine Erregung, die ihn so tief innerlich aufrührte, jenseits aller zusammenhängenden Gedanken, und in unklarer Weise wurde er sich in Gegenwart dieses andern Mannes, der die Einfalt eines Kindes und die Sanftmut einer Frau besaß, seines eigenen Unwertes und seiner Kleinheit bewußt.

Natürlich konnte er sich vor den Augen seiner Offiziere und Mannschaften nicht so demütigen. Und doch wütete der Zorn, der ihm die Schmähungen eingegeben hatte, immer noch in ihm. Plötzlich schlug er mit der geballten Faust gegen die Hütte und rief:

»Hören Sie, Alter, ich will mich nicht unterkriegen lassen. Die Paumotus haben mich betrogen, getäuscht und

einen Esel aus mir gemacht. Aber ich will mich nicht geschlagen geben. Ich lasse das Schiff treiben, und immer weiter durch die ganzen Paumotus bis nach China treiben, aber ich will einen Platz dafür finden. Und wenn die ganze Mannschaft desertiert, ich bleibe. Ich will es den Paumotus schon zeigen. Sie sollen mich nicht zum Narren halten. Der Kasten ist gut, und ich bleibe auf ihm, solange noch eine Planke da ist, auf der man stehen kann. Hören Sie mich?«

»Und ich bleibe bei Ihnen, Kapitän«, sagte McCoy.

Im Laufe der Nacht wehten leichte, veränderliche Winde aus Süd, und der außer sich geratene Kapitän mit seiner brennenden Ladung beobachtete und maß seinen Abstrich nach Westen und ging mehrmals abseits, um leise zu fluchen, daß McCoy es nicht hören sollte. Das Tageslicht zeigte im Süden mehrere Palmen, die aus dem Wasser wuchsen.

»Das ist die Leespitze von Makemo«, sagte McCoy. »Katiu liegt nur fünf Meilen weiter westlich. Das läßt sich vielleicht machen.«

Aber die Strömung zwischen den beiden Inseln warf sie nach Nordwesten, und um ein Uhr nachmittags sahen sie die Palmen von Katiu über der See aufsteigen und in die See zurück sinken.

Wenige Minuten später, gerade als der Kapitän entdeckt hatte, daß eine neue Strömung aus Nordosten die »Pyrenees« ergriffen hatte, meldete der Ausguck Kokospalmen in Nordwest.

»Das ist Raraka«, sagte McCoy. »Wir können es nicht ohne Wind schaffen. Die Strömung zieht uns nach Südwesten. Aber wir müssen aufpassen. Wenige Meilen weiter fließt eine Strömung nach Norden und macht einen Kreis nach Nordwesten. Die würde uns von Fakarava abbringen, und Fakarava ist der richtige Platz für die ›Pyrenees‹.«

»Sie kann uns bringen, wohin der Teu… will«, bemerkte Kapitän Davenport hitzig. »Wir finden trotz allem noch einen Platz für das Schiff.«

Aber die Situation auf der »Pyrenees« hatte jetzt nahezu ihren Höhepunkt erreicht. Das Deck war so heiß, daß es schien, eine Zunahme von wenigen Graden müsse es in Flammen ausbrechen lassen. An vielen Stellen boten selbst die dickbesohlten Schuhe der Mannschaften keinen Schutz, und sie waren gezwungen, zu trippeln, um sich die Füße nicht zu verbrennen. Der Rauch war stärker und beißender geworden.

Alle an Bord litten an entzündeten Augen, und sie husteten und würgten wie eine Schar tuberkulöser Patienten. Am Nachmittag wurden die Boote ausgeschwungen und ausgerüstet. Die letzten paar Pakete mit getrockneten Bananen wurden in ihnen verstaut, ebenso die Instrumente der Offiziere. Kapitän Davenport legte sogar den Chronometer ins Langboot, aus Furcht, das Deck könnte jeden Augenblick in die Luft gesprengt werden.

Die ganze Nacht hindurch lastete diese Befürchtung schwer auf ihnen, und beim ersten Morgengrauen starrten sie sich mit hohlen Augen und geisterhaften Gesichtern an, als wären sie erstaunt, daß die »Pyrenees« noch zusammenhielt und sie noch am Leben waren.

Mit schnellen Schritten und hin und wieder recht würdelos springend und hüpfend, besichtigte Kapitän Davenport das Deck seines Schiffes.

»Es ist jetzt eine Frage von Stunden, wenn nicht von Minuten«, verkündete er bei der Rückkehr zur Hütte.

Der Ruf »Land in Sicht!« kam vom Mastkorb. Von Deck aus war das Land nicht zu sehen, und McCoy enterte hinauf, während der Kapitän die Gelegenheit wahrnahm, um sich etwas von der aufgespeicherten Bitterkeit vom Herzen zu fluchen. Aber das Fluchen wurde plötzlich dadurch unterbrochen, daß er eine dunkle Linie auf dem Wasser nach Nordost sichtete. Es war keine Bö, sondern eine regelmäßige Brise – der unterbrochene Passat, acht Striche aus seiner normalen Richtung, aber doch wieder seine Tätigkeit aufnehmend.

»Halten Sie darauf zu Kapitän«, sagte McCoy, sobald er wieder bei der Hütte stand. »Das ist die Ostspitze von Fakarava, und wir können mit vollen Segeln und vor dem Wind durch die Einfahrt kommen.«

Nach einer Stunde wurden die Kokospalmen und das Land von Deck aus sichtbar. Das Gefühl, daß die »Pyrenees« am Ende ihrer Widerstandskraft angelangt sei, lastete schwer auf allen. Kapitän Davenport hatte die drei Boote hintergelassen und schleppte sie kurz achtern, einen Mann in jedem, um sie abzuhalten. Die »Pyrenees« streifte fast das Gestade, das von der Brandung weiß schäumende Atoll nur zwei Kabellängen entfernt.

»Machen Sie fertig zum Halsen, Kapitän«, warnte McCoy.

Und eine Minute später verschwand das Land, um eine enge Einfahrt und dahinter die Lagune zu zeigen, einen großen Spiegel, von dreißig Meilen Länge und einem Drittel so breit.

»Jetzt, Kapitän!«

Zum letzten Male schwangen die Rahen der »Pyrenees« herum, sie gehorchte dem Rade und drehte in die Einfahrt. Die Wendung war kaum vorgenommen und die Taue noch nicht festgemacht, als die Leute in panischem Schrecken zur Hütte zurückflogen. Es war nichts geschehen, aber sie versicherten, daß etwas im Busch wäre. Sie konnten nicht sagen, warum, aber sie wußten, daß es geschehen würde. McCoy begab sich nach vorn, um sich am Bug hinzustellen und das Schiff hineinzulotsen; aber der Kapitän ergriff ihn am Arm und drehte ihn herum. »Machen Sie's von hier aus«, sagte er. »Das Deck ist nicht sicher. Was ist los?« fragte er im nächsten Augenblick. »Wir stehen still.«

McCoy lächelte.

»Wir sind auf eine Strömung von sieben Knoten gestoßen, Kapitän«, sagte er. »So läuft die volle Ebbe zu dieser Einfahrt hinaus.«

Nach einer weiteren Stunde hatte die »Pyrenees« kaum ihre Länge vorwärts gewonnen, doch der Wind frischte auf, und sie begann sich nach vorn zu drängen.

»Am besten gehen einige Mann in die Boote!« kommandierte Kapitän Davenport. Seine Stimme war noch nicht verklungen und die Leute wollten gerade den Befehl ausführen, als das Mitteldeck in einer Masse von Rauch und Flammen in Segel und Takelage geschleudert wurde, wo ein Teil hängenblieb und der Rest ins Wasser fiel. Der querstehende Wind hatte die achtern zusammengedrängte Mannschaft gerettet. Sie rannten blindlings nach den Booten, aber McCoys Stimme mit der überzeugenden Botschaft unendlicher Ruhe und endloser Zeit ließ sie haltmachen.

»Ruhig Blut«, sagte er. »Es ist alles in Ordnung. Und jemand läßt bitte den Jungen hinunter.«

Der Mann am Ruder hatte in größter Angst das Rad verlassen, aber Kapitän Davenport war zugesprungen und hatte noch rechtzeitig genug in die Speichen gegriffen, um zu verhindern, daß das Schiff von der Strömung erfaßt und auf den Strand geschleudert wurde.

»Übernehmen Sie besser den Befehl über die Boote«, sagte er zu Mr. König. »Nehmen Sie eines an kurzer Leine, direkt unter der Luvseite. Wenn ich von Bord gehe, muß es schnell sein.«

Mr. König zögerte, kletterte dann über die Reling und ließ sich in das Boot hinab.

»Halten Sie einen halben Strich ab, Kapitän.«

Es gab Kapitän Davenport einen Ruck. Er hatte gedacht, daß er allein auf dem Schiff geblieben wäre. »Ja-

wohl, jawohl«, antwortete er. »Ein halber Strich ist es.«

Mittschiffs war die »Pyrenees« eine offene, flammende Esse aus der eine ungeheure Rauchmasse hervordrang, die sich bis über die Masten erhob und den vorderen Teil des Schiffes einhüllte. McCoy setzte im Schutze der Besanwanten seine schwierige Aufgabe fort, das Schiff durch den engen Kanal zu lotsen. Das Feuer breitete sich vom Explosionsherd aus am Deck entlang nach achtern aus, während die mächtigen schwebenden Segel am Großmast hochgingen und als ein Flammenteppich verschwanden. Obgleich sie es nicht sehen konnten, wußten sie, daß die Vordersegel noch zogen.

»Wenn nur nicht alle Segel verbrennen, bevor wir drinnen sind«, seufzte der Kapitän.

»Sie macht es«, versicherte McCoy mit äußerster Zuversicht. »Wir haben noch viel Zeit. Sie macht es bestimmt. Und wenn sie erst drinnen ist, legen wir sie vor den Wind; das hält den Rauch von uns ab und hindert das Feuer, nach achtern überzugreifen.«

Eine Flammenzunge sprang auf den Besanmast, leckte hungrig nach der untersten Segelreihe, traf sie aber nicht und verschwand wieder. Von oben fiel ein brennender Taufetzen dem Kapitän auf den Nacken. Wie von einer Biene gestochen, griff er hoch und strich das angreifende Feuer von seiner Haut ab.

»Wie liegt sie, Kapitän?«

»Nordwest zu West.«

»Halten Sie sie Westnordwest.«

Kapitän Davenport drehte das Rad und richtete das Schiff aus.

»West zu Nord, Kapitän.«

»West zu Nord ist es.«

»Und jetzt West.«

Langsam, Strich für Strich beschrieb die »Pyrenees«, in die Lagune kommend, den Kreis, der sie vor den Wind setzte, und Strich für Strich, mit einer Ruhe und Sicherheit, als habe er noch tausend Jahre Zeit, rief McCoy den wechselnden Kurs aus.

»Noch einen Strich, Kapitän.«

»Ein Strich ist es.«

Kapitän Davenport drehte das Rad um mehrere Speichen, drehte dann plötzlich zurück und fiel einen Strich ab, um das Schiff zu richten.

»Geradeaus.«

»Geradeaus ist es – ganz genau.«

Obwohl der Wind jetzt achtern stand, war die Hitze so intensiv, daß Kapitän Davenport, von der Seite aus nach dem Kompaß schielend, genötigt war, das Rad bald mit der einen, bald mit der anderen Hand loszulassen, um die Wangen zu beschützen und sich die Blasen zu reiben. McCoys Bart knisterte und krümmte sich, und der Geruch davon, der dem andern gerade in die Nase zog, ließ ihn plötzlich besorgt auf McCoy blicken. Kapitän Davenport ließ die Speichen abwechselnd mit den Händen los, um die blasenbedeckten Handrücken gegen die Hose zu reiben. Alle Segel am Besanmast verschwanden in einem Flammenstoß, was die beiden Männer zwang, sich zu bücken und das Gesicht zu schützen.

»Jetzt«, sagte McCoy, indem er einen Blick auf das niedrige Gestade warf, »vier Striche in den Wind, Kapitän, und dann lassen Sie sie treiben.«

Fetzen von brennendem Tauwerk und Segeln fielen auf sie herab. Der teerige Rauch eines schwelenden Taustückes zu Füßen des Kapitäns verursachte ihm einen heftigen Hustenanfall, doch hielt er die Speichen fest. Die »Pyrenees« stieß auf, ihr Bug hob sich, und sie schob sich sanft vorwärts und stoppte. Ein Schauer von brennenden Trümmern fiel infolge des Ruckes auf sie nieder. Das Schiff bewegte sich wieder und stieß ein zweites Mal auf. Es zermalmte die spröden Korallen unter seinem Kiel, glitt weiter und stieß zum dritten Male auf.

»Fest«, sagte McCoy. »Fest?« wiederholte er eine Minute später sanft.

»Sie gehorcht dem Ruder nicht mehr«, lautete die Antwort.

»Gut. Jetzt dreht sie sich.« McCoy guckte über die Seite. »Weicher, weißer Sand. Nicht besser zu wünschen. Ein prachtvoller Platz.«

Als die »Pyrenees« mit dem Achterende vom Wind abschwojte, quoll ein furchtbarer Schwall von Rauch und Flammen nach hinten. Kapitän Davenport mußte vor Schmerzen das Rad loslassen. Er erreichte die Fangleine des Bootes, das in Luv lag, und sah dann nach McCoy, der beiseite trat, um ihn vorangehen zu lassen.

»Erst Sie«, rief der Kapitän, packte ihn an der Schulter und zerrte ihn beinahe über die Reling. Aber Flammen und Rauch waren zu schrecklich, und er folgte McCoy

hart auf den Fersen. Beide Männer kletterten und glitten zuletzt zusammen an dem Tau ins Boot. Ein Matrose im Boot durchschnitt die Fangleine mit seinem Messer, ohne den Befehl abzuwarten. Die Riemen, die klargehalten waren, fielen ins Wasser, und das Boot schoß hinweg.

»Ein wunderschöner Platz«, murmelte McCoy zurückblickend.

»Ja, ein prachtvoller Platz, und das haben wir Ihnen zu verdanken«, lautete die Antwort.

Die drei Boote ruderten nach dem weißen Strand der Korallenküste, hinter dem man am Rand eines Kokoshaines ein halbes Dutzend Grashütten und eine Schar aufgeregter Eingeborener sah, die mit weit aufgerissenen Augen auf die Feuersbrunst starrten, die zu ihnen an Land gekommen war.

Die Boote stießen auf Grund, und die Insassen stiegen auf den weißen Strand.

»Und jetzt«, sagte McCoy, »muß ich sehen, wie ich nach Pitcairn zurückkomme.«

ERKLÄRUNG NAUTISCHER BEGRIFFE

Backbord Linke Schiffsseite, links.

Besanmast Hinterster Mast eines Segelschiffes.

Brassen Taue oder Drahttaue mit Taljen (Flaschenzüge zum Drehen der Rahen).

Brigg (Brigantine) Früher kleines Segelschiff mit zwei vollgetakelten Masten.

Davit Kleiner Kran, an der Anker aufgehängt ist oder ein Rettungsboot gehißt und herabgelassen werden kann.

Fieren Das Herablassen einer Stenge, eines Segels, eines Boots u.a. mit einem Tau; Nachlassen einer belasteten Leine.

Glasen Das halbstündige Schlagen der Schiffsglocke für die Wache; die Anzahl der Schläge zeigt die abgelaufenen halben Stunden an. 8 Glas, also vier volle Stunden bedeutet Wachwechsel. Die Bezeichnung stammt aus der Zeit der Segelschiffe mit gläsernen Sanduhren, die jeweils in einer halben Stunde abliefen.

halsen Ein segelndes Schiff vor dem raumen (schräg von hinten einfallenden) Wind wegdrehen.

Hundewache	Kurze Halbwache von zwei Stunden (16.00 bis 18.00 / 18.00 bis 20.00 hr.)
kalfatern	Die Plankennähte der Außenhaut und des Decks eines Schiffes mit Werg und Teer abdichten.
Knoten	In der Seefahrt verwendete Einheit für die Geschwindigkeit von Schiffen gegenüber dem Wasser; 1 kn = 1 Seemeile/Std. = 1,852 km/h.
kreuzen	Eine zickzackförmigen Kurs segeln, um gegen die Windrichtung voranzukommen, auch allgemein Fahrtensegeln.
Kutter	Ursprünglich einmastiges Segelfahrzeug, nach 1900 motorgetriebenes Fischereifahrzeug, heute auch Bezeichnung für hochgetakelte Jachten oder für Bei- bzw. Rettungsboote von Kriegsschiffen.
Lee	Die dem Wind abgewandte (milde) Seite eines Schiffes, Gebäudes etc., im Windschatten liegend.
Logleine	Leine mit einem Holzbrettchen, mit der die Geschwindigkeit eines Schiffes gemessen wird.

Luv	Eigentlich die Ruderseite, die dem Wind zugekehrte Seite eines Schiffes, Gebäudes etc., die Richtung, aus der der Wind kommt.
Passat	Beständiger tropischer Wind.
Rah	Waagrecht vor dem Mast hängendes Rundholz zum Befestigen eines Segels.
Reffen	Segel verkleinern.
Reling	Offenes Geländer am Rand eines Schiffsdecks.
Schoner	Seit Anfang des 18. Jh. Bezeichnung für ein ursprünglich nur zweimastiges, später auch drei- bis siebenmastiges Segelschiff.
schwojen	Das Drehen und Pendeln des Schiffes um seinen Anker.
Sextant	Ein bei der Navigation zur Messung des Winkelabstandes zweier Sterne bzw. zur Bestimmung der Höhe eines Sterns (insbes. der Sonne) über dem Horizont verwendetes Winkelmeßinstrument.
Steuerbord	Rechte Schiffseite, rechts.
Strich	In der Seefahrt übliche Einheit für den ebenen Winkel als 32. Teil eines Vollwinkels (360 Grad), d.h. 1 St.= 11,25 Grad.

Tide, Tidenstrom	Gezeit(enstrom).
Wanten	Seitliche Stütztaue von Masten.
Zyklon	Heftiger Wirbelsturm in tropischen Gebieten.

BIOGRAPHISCHE SKIZZE

Leben und Werk von Jack London sind so untrennbar miteinander verbunden, daß wir hier am Schluß der Erzählung wenigstens versuchen wollen, mit einer biographischen Skizze die Quellen anzudeuten, aus denen seine Erzählungen und Romane so überreichlich und kraftvoll geflossen sind.

Geboren wurde er am 12. 1. 1876 in San Francisco. Sein Vater, William H. Chaney stammte von irischen Einwanderern ab und verdiente seinen Lebensunterhalt als Wanderastrologe, Schriftsteller, Herausgeber von Magazinen und Ersteller von Horoskopen. Er hielt fesselnde Vorträge und Vorlesungen über alle möglichen, hauptsächlich astronomischen und astrologischen Themen, war ungeheuer belesen, schrieb einen klaren, kräftigen Stil, betätigte sich außerdem als Sprachforscher und war ein großer Kenner der Geschichte und der Bibel. Seine Voraussagen kommender Ereignisse waren so verblüffend genau, daß Leute mit schlechtem Gewissen sich von ihm fernhielten, damit er nicht – wie es in einigen Fällen geschehen war – sie bloßstellte. Selbst seinen Tod in einer Schneesturmnacht hat er auf Jahr und Tag genau einem Studenten gegenüber vorausgesagt.

Diesen vielseitigen, interessanten, aber etwas unsteten Vater hat Jack London zu seinem Leidwesen nie kennengelernt, ein späterer Schriftwechsel brachte keine Annäherung.

Jack Londons Mutter Flora Wellmann, eine Tochter aus gutem Hause, besuchte das Töchterpensionat, lernte Klavierspielen, las viel, sprach ein gutes Englisch, war eine gesellige Plauderin und hatte, als sie mit 25 Jahren aus unerklärlichen Gründen von zu Hause in Ohio weglief und nach San Francisco kam, sich spiritistischen Zirkeln angeschlossen. Sie lebte mit Prof. Chaney ohne Trauschein, doch als eines Morgens die Zeitung »Chronicle« eine Schauergeschichte brachte, Flora habe sich wegen Chaneys Zumutung, ihr Kind abtreiben zu lassen, in die Schläfe geschossen, gab es einen Skandal und der Professor verließ San Francisco wenig später.

Flora selbst schwieg sich über diese Geschichte aus – sie hatte nur einen kleinen Kratzer – was passiert war blieb im Dunkel. Ein halbes Jahr später kam Jack zur Welt und nach weiteren acht Monaten heiratete seine Mutter John London, einen rechtschaffenen, gutmütigen, aus Pennsylvanien stammenden Witwer, der zwei Mädchen mit in die Ehe brachte. John London adoptierte den kleinen Jack (eigentlich hieß er John Griffith) und seine Tochter Eliza, damals acht Jahre alt, übernahm die Pflege ihres Stiefbruders, da Flora sich nicht um ihn kümmerte.

Diese Fürsorge und Treue Elizas begleitete Jack durch sein ganzes Leben, zu ihr konnte er jederzeit kommen, sie half und hatte Verständnis für ihn – ihr gegenüber konnte er sich später immer wieder aussprechen.

Der kleine Jack hatte sich in den Monaten bis zur Heirat seiner Mutter mit John London prächtig entwickelt. Er verdankte dies insbesondere seiner Amme, die Flora ihrer eigenen schwächlichen Konstitution wegen engagiert hatte. Mrs. Prentiss, eine Schwarze, die ihr eigenes Kind verloren hatte, war als Sklavin in Virginia aufgewachsen, heiratete nach der Sklavenbefreiung und hatte selbst eine große Familie. Für Jack wurde sie »Mammy Jenny«, sie war vernarrt in ihn und auch sie spielte in seinem Leben eine wichtige Rolle.

John London, Jacks Stiefvater, war eigentlich Farmer, hatte aber auch schon als Eisenbahnbeamter, Zimmermann und Baumeister gearbeitet. Er war gutmütig und überließ meist Flora die geschäftliche und organisatorische Seite seiner vielen Unternehmungen, die aber durch ihre »Patentideen« meist schief gingen. Immer wieder geriet die Familie dadurch in Not, Wohnungen mußten gewechselt, Häuser und Land verkauft werden; mal wohnten sie in San Francisco in der Stadt, dann wieder in Oakland. Oft war John arbeitslos – die Auswirkungen der schlechten Wirtschaftslage waren überall zu spüren – oder er schlug sich mühsam durch als Vertreter, als Kistenöffner oder Nachtwächter. Dann hatte er wieder Glück mit dem Landbau oder mit einem gut florierenden Laden, den er mit einem Partner zusammen betrieb, bis der Partner eines Tages mit sämtlichen Waren und Geldern verschwand.

In diesem Auf und Ab entwickelte sich der kleine Jack zu einem wachen, kräftigen Jungen mit einem rotblonden Lockenkopf und blitzenden blauen Augen, immer betreut von Eliza, die ihn sogar in die Schule mitnahm. So lernte er schon – ganz nebenbei – mit vier Jahren Lesen und Schreiben.

Als er mit zehn Jahren in Oakland die öffentliche Bibliothek entdeckte und voll ehrfürchtigen Staunens über die Fülle der Bücher mit dem Finger zaghaft über die Buchrücken strich, fand er in der Bibliothekarin Ina Coolbrith eine hochgebildete, verständnisvolle Betreuerin und Förderin seines Lesedranges, der von da an nicht mehr abriß. Wo er ging und stand und oft bis zum Morgengrauen ganze Nächte hindurch, verschlang er die ihm zur Verfügung gestellten Bücher, hauptsächlich zuerst Reise- und Abenteuerliteratur, darunter Werke wie Irvings »Alhambra« oder Quidas »Signa«, die ihn maßgeblich beeinflußten.

Durch den chronischen Geldmangel in der Familie gezwungen mitzuverdienen, verkaufte Jack Zeitungen. Im Morgengrauen begann er, ging dann in die Schule und machte nachmittags weiter. Eine besondere Anziehungskraft bekam in dieser Zeit für ihn die Hafengegend. Hier sah er vielerlei Schiffe aus aller Herren Länder, er traf Walfänger, Robbenjäger, Opiumschmuggler und Austernpiraten und lauschte in den Hafenkneipen den spannenden Geschichten der Seeleute. Von ihnen lernte er auch seemännische Begriffe und den Umgang mit Booten. Er war gerade dreizehn, als er sich für zwei Dollar ein altes Boot erwarb, es instandsetzte und damit tollkühne Fahrten auf der San Francisco Bay unternahm. Kein Wind war ihm stark genug, er sang mit dem Sturm, bei Flaute aber ging er irgendwo vor Anker, legte sich in seine Koje und las stapelweise Bücher. Wenig später besaß er eine Jolle, dazwischen schuftete er für die Familie 18–20 Stunden in einer Konservenfabrik (für ganze 10 ct. die Stunde).

Da wurde ihm von einem der Austernpiraten für dreihundert Dollar eine Schaluppe angeboten, die »Razzle Dazzle«. Mammy Jenny lieh ihm das Geld und mit dem Schiff erhielt er als »Dreingabe« das 16jährige Mädchen Mamie. Seine kühnen Nachtfahrten, bei denen er meist mit der Austernbeute frühmorgens als Erster auf dem Markt erschien, brachten ihm hohen Gewinn. Da er aber seinem ganzen willensstarken, zupackenden Wesen nach immer besser als alle anderen sein wollte, stand er auch bei den auf guten Fang folgenden Saufgelagen nicht hintan und die meisten der gewonnenen Dollars rannen durch seine und seiner Kumpane Kehlen.

Als er nach einem solchen Gelage eines Nachts auf sein Schiff wollte, glitt er ins Wasser, der Gezeitenstrom erfaßte ihn und er ließ sich in seiner Alkoholeuphorie in Todessehnsucht treiben und sang dabei. Doch die lange Zeit im kalten Wasser ernüchterte ihn so, daß er Anstrengungen unternahm an Land zu kommen. Dank eines Fischers, der ihn aufnahm, ging dies Abenteuer noch glimpflich aus.

Von der Austernräuberei wechselte er zur Gegenseite: er ließ sich von der Fischereistreife anheuern. Da er die Bucht wie seine Westentasche kannte, gelang ihm manch überraschender »Fang«.

In einer Hafenkneipe freundete er sich kurz darauf mit einem Matrosen an, der ihm vom Robbenfang erzählte. Jack war sofort entschlossen, bei einer solchen Fahrt mitzumachen. Er heuerte als Vollmatrose auf dem Segler »Sophie Sutherland« an, der wenige Tage später Richtung Südsee und Japan in See stach. Mit seinen 17 Jahren war er ein kräftiger Kerl, der durchaus für älter gelten konnte. Die anderen Matrosen merkten wohl, daß sie da einen Neuling vor sich hatten, doch Jack verstand es, seinen Platz zu behaupten. Immer war er der Erste auf Wache oder in den Wanten und als er während eines Sturmes Ruderdienst hatte und trotz des tobenden Unwetters das Schiff ohne Hilfe auf Kurs hielt, hatte er sich endgültig Respekt verschafft.

Als kräftiger Junge war er ausgefahren, als breitschultriger, sonnengebräunter junger Mann kehrte er zurück und traf die alte Misere: die Familie in Geldnöten, alles Entbehrliche im Leihhaus. Vom Rest seiner Heuer zahlte er die Schulden, stürzte sich wieder in körperliche Arbeit in einer Jutespinnerei und schloß sich schließlich der »Arbeitslosen-Armee« des Generals Kelly an, die bei der Regierung in Washington für bessere soziale Bedingungen plädieren wollte. Als Jack mit einem Freund am Bahnhof ankam, war General Kelly bereits abgefahren. Die Eisenbahn hatte kostenlosen Transport gewährt – für Nachzügler galt das nicht. So machten sich Jack und sein Freund auf die Reise quer durch die Staaten – das »Abenteuer Schienenstrang« hatte begonnen. Alles in allem dauerte dieser »Ausflug« über ein Jahr, dann kam Jack ohne einen Cent in Vancouver an. Er heuerte als Heizer auf der »Umatillo« an und verdiente sich so seinen Heimweg nach San Francisco.

Kaum zurück begann er eine andere Art Abenteuer: er ging in Oakland aufs Gymnasium, um dort die Abschlußprüfung zur Aufnahme in die Universität zu machen.

In dieser Zeit lernte er die Geschwister Edward und Mabel Applegarth kennen, in deren kultiviertes Haus er oft eingeladen wurde. Daneben besuchte er Arbeiterversammlungen, hielt sozialistische Ansprachen vor der Gewerkschaft, wurde, als er einmal von einer Parkbank aus eine flammende Rede hielt, wegen öffentlichen Redens ohne Erlaubnis verhaftet, doch bald wieder freigelassen.

Sein Examen bestand er mit Glanz und so konnte er endlich nach Berkeley auf die Universität. Mit Feuereifer stürzte er sich ins Studium, belegte sämtliche Vorlesungen über alle englischen Fächer und die meisten über Naturwissenschaften, Geschichte und Philosophie – sein Wissensdurst kannte keine Grenzen. Er hatte viele Freunde und war überall geachtet und gerne gesehen.

Mit Mabel machte er manche Tour, per Rad oder auf seinem Schiff und die Freundschaft wurde immer intensiver. Daneben nahm er jeden sich bietenden Gelegenheitsjob an, um für sich und die Familie etwas zu verdienen. Das erste Semester schloß er erfolgreich ab, da wurde sein Stiefvater arbeitslos und er mußte einmal mehr ganz für die Familie sorgen. Bevor er jedoch auf Arbeitssuche ging, wollte er sein Heil mit Schreiben versuchen. Er schloß sich ein und arbeitete an Aufsätzen, Essays und Erzählungen täglich bis zu fünfzehn Stunden. Anzüge, Mantel, Uhr und anderes wanderten ins Leihhaus für Papier und Briefmarken.

Als der erhoffte Erfolg ausblieb, arbeitete er an der Universitätswäscherei und schuftete ums tägliche Brot. Doch abermals griff das Schicksal mit einem Ereignis ein, das sein ganzes Leben nachhaltig verändern sollte: in Alaska war im Klondike Gold gefunden worden! Nichts und niemand konnte Jack aufhalten. Sein Schwager, Elizas Mann, war mit von der Partie und Eliza nahm eine Hypothek auf ihr Haus auf und streckte das nötige Geld für die Ausrüstung vor.

Unter unglaublichen Strapazen, die Jacks Schwager schon bald umkehren ließen, drang Jack 1897 in die Wildnis vor. Kurz vor dem Winter erreichte er das Lager und richtete sich ein. Abends trafen sich die Männer, von denen mehrere aus akademischen Berufen kamen, in einer der Blockhütten am Feuer und diskutierten. Jack hatte sich auch einen Stapel Bücher mitgebracht und nützte die Zeit intensiv. Wo er ging und stand füllte er die Seiten seiner Notizbücher mit interessanten Details.

Trotz härtester Arbeit stellte sich jedoch der erhoffte Erfolg nicht ein, der große Goldrausch verflog. Mit den letzten Cents im Geldgürtel, voller Geschwüre und skorbutkrank durch Mangel an frischem Gemüse, machte sich Jack auf den Heimweg. Teils im offenen Boot, teils wieder als Heizer und zuletzt als

Tramp auf Güterzügen erreichte er Oakland. Krank und mit leeren Taschen traf er ein und doch sollten ihm diese Jahre mehr Reichtum bringen als jedem, der je ein paar Goldkörner im Klondike gefunden hatte.

Als Jack dann nach Hause kam, fand er nicht nur die beinahe schon chronische Familienmisere, sondern zudem die Nachricht vom Tode John Londons vor. Der freundliche und gutmütige Kamerad vieler gemeinsamer Wanderungen und Gespräche fehlte ihm sehr. Jack spürte, daß eine Wende bevorstand, doch blieb ihn zunächst keine Verschnaufpause, er mußte Geld verdienen. Neben den verschiedensten kleineren Jobs machte er bei der Post ein Aufnahmeexamen, um regelmäßige Einkünfte zu haben. Und dann, noch voll von den Erlebnissen und Abenteuern der Goldsuche, stürzte er sich mit wahrem Feuereifer in seine schriftstellerischen Arbeiten. Erzählung nach Erzählung sprudelte aus ihm heraus, wurde auf der Maschine in Reinschrift übertragen und an die Zeitschriften-Redaktionen der Ostküste verschickt.

So brach das Jahr 1899 an. Er war nun 23 Jahre alt und kurz nach seinem Geburtstag erhielt er von der Post die Aufforderung, seine Stelle dort anzutreten. In diesem schicksalhaften Moment riet ihm seine Mutter, die sonst eher auf sichere Einnahmen sah, zur Schriftstellerlaufbahn. Und wie ein Echo auf diesen Entschluß, der so endgültig aus ihm geboren wurde, erschienen wenige Monate später seine Artikel in »Town Topics«, »Overland Monthly«, »Orange Judd Farmer«,»Black Cat«, »Express«, »Home Magazine«, »Conkeys«, »The Editor«, »Youth Companion«, ja selbst in der als äußerst unnahbar geltenden Bostoner »Atlantic Monthly«. Als Krönung dieser Serie brachte der Verlag Houghton Mifflin einen Sammelband alaskischer Erzählungen heraus.

Vor diesem turbulenten Hintergrund an fast atemlos sich aneinanderreihendem Geschehen muß man Jack Londons Entwicklung sehen, seine kraftvollen, lebensnahen Erzählungen und Romane, die die Leser des in einem gewaltigen Umbruch befindlichen Amerika faszinierten, weil aus ihnen das Leben selbst unmittelbar sprach.

Jack hatte innerlich immer den Blick auf eine Schriftstellerlaufbahn gerichtet, nie ließ er dies angestrebte Ziel aus den Augen, stets war ein griffbereites Notizbuch zur Hand, um interessante Szenen, Gespräche, Beobachtungen und Eindrücke festzuhalten. Viele Kästen voller Merkzettel bargen Ideen zu allen möglichen Arbeiten, und als jetzt durch die Annahme seiner Erzählungen sein ungeheures Reservoir geöffnet wurde, da floß es, ja, da sprudelte es aus ihm heraus wie Wasser aus einem Dammbruch. Er wurde aufgenommen wie die Stimme einer neuen Generation, durch seine breite, kräftige Gestalt mit Lockenkopf und blitzenden blauen Augen, durch seine ganze herzliche, offene und großzügige Art wurde er zum Idol des ganzen Landes.

So nahte die Jahrhundertwende. Sylvester wurde gefeiert, doch nach Mitternacht sprang Jack auf, stieg aufs Fahrrad und fuhr die vierzig Meilen nach San José zu den Applegarth's. Im freudigen Bewußtsein seines Schriftstellererfolges machte er Mabel einen Heiratsantrag. Doch Mabels Mutter, eine herrschsüchtige, tyrannische Frau, die ihre zarte Tochter wie eine Zofe benützte, hatte wohl vorher der Verlobung zugestimmt, machte aber jetzt zur Bedingung, Jack solle entweder als Hausherr nach San José kommen (Mabels Vater war schon gestorben) oder aber sie mit nach Oakland nehmen, damit sie sich nie von ihrer Tochter trennen müsse.

Jack war wie vom Donner gerührt. Er versuchte Frau Applegarth klar zu machen, daß sie nicht das Recht habe, Mabel derart mit Beschlag zu belegen. Die Auseinandersetzung wurde immer heftiger und Mabel saß verschüchtert und stumm zwischen den beiden Menschen, die sie liebte. Sie fand nicht die Kraft, sich dem Willen ihrer Mutter zu widersetzen.

Jack fuhr nach Oakland zurück, zornig, furchtbar enttäuscht und verzweifelt. Er hing sehr an Mabel, sie verkörperte für ihn eine Idealgestalt und so fuhr er nach einem Monat nochmals zu ihr. Doch alle seine wohlüberlegten Argumente nützten nichts, Mabel war wie hypnotisiert vom Willen ihrer Mutter.

Zwei Monate später zog Jack wieder um. Bei der Einrichtung des Hauses halfen ihm Eliza und Bess Maddern, die Cousine der Schauspielerin Minnie Maddern-Friske. Bess' Verlobter, ein Freund Jacks, war kurz vorher gestorben und als Jack sie nun im Haus wirtschaften sah, wurde ihm wohl wieder bewußt, wie sehr er eine Hausfrau brauchte. Jack war kein Freund langen Zögerns: er heiratete Bess wenige Tage danach, am 7. Apr. 1900.

Von da an ging der Pulsschlag seines Lebens ein wenig ruhiger – der Durchbruch war geschafft. War er bisher an die Schauplätze und Menschen selbst herangegangen, so kamen die Menschen jetzt zu ihm – stets war das Haus voller Gäste. Doch nichts und niemand konnte ihn von seinem täglichen Schreibpensum von 1500 bis 2000 Wörtern abhalten, die er in den Morgenstunden zu Papier brachte.

Jack London in seinem Arbeitszimmer

Das Haus in Piedmont wurde zu einem Mittelpunkt regen geistigen Lebens, die interessantesten Leute der Zeit kamen und gingen. Doch lange hielt es Jack nicht. Kaum waren seine beiden Töchter geboren (Joan 1901, Bess 1902), da zog es ihn wieder hinaus. Als Berichterstatter sollte er über die Situation in Südafrika nach dem Burenkrieg schreiben. Er reiste über England und dort wurde ihm mitgeteilt, die weitere Reise sei abgesagt. Da benützte er die Gelegenheit, einen Bericht ganz anderer Art zu verfassen: er zog in ein winziges Zimmer in den Londoner Slums, besorgte sich alte Klamotten und trieb sich in den Straßen, Kneipen, Fabriken und am Hafen herum, sprach mit den Ärmsten der Armen über alles, was sie bewegte. Der Bericht wurde zu einem seiner erschütterndsten Bücher: »The People of the Abyss« (Menschen des Abgrunds).

Kaum wieder zu Hause, trennte er sich Mitte des Jahres 1903 von Bess, ebenso plötzlich wie er sie geheiratet hatte. Kurz davor waren die »Kempton-Wace-Letters« erschienen, ein Buch mit Briefen über die Liebe, das er gemeinsam mit Anna Strunsky geschrieben hatte. So nahm jeder an, Anna sei der Grund der Trennung, was aber nicht stimmte, denn seit einiger Zeit verband ihn eine enge Freundschaft mit Charmian Kittredge, die er bei ihrer Tante Ninetta Eames kennengelernt hatte.

Einige Monate später brach er wieder auf: als Berichterstatter im russisch-japanischen Krieg (1904). Nach unglaublichen Strapazen, Verhaftung und vielen Behinderungen kehrte er mit sensationellen Fotos zurück. Da ritt er eines Tages mit Charmian im Sonomatal (Mondtal) in der Nähe von Glen Ellen an der Bahnstrecke von San Francisco nach Santa Rosa. Ein herrliches Gelände von 129 Morgen stand dort zum Verkauf, Jack war

Feuer und Flamme und trotz ständiger Geldknappheit kaufte er die Ranch. Das alte Ranchhaus und die Ställe wurden hergerichtet und hier blieb von da an sein Domizil.

Ende des Jahres 1905 traf er auf einer Vortragsreise in Chicago ein. Dort erreichte ihn die Nachricht seiner endgültigen Scheidung. Noch am gleichen Tag telegraphierte er Charmian Kittredge, sie möge ihn in Chicago treffen – und dort wurden sie am 19. 11. 1905 getraut.

Nach der Hochzeitsreise widmete er sich wieder intensiv seiner Arbeit, kümmerte sich auch um die Ranch, ritt und segelte viel mit Charmian und hatte Hunderte von Gästen.

Sein nächstes großes Abenteuer war der Bau einer eigenen Jacht. Gründlich und ehrgeizig wie er war, genügte es ihm nicht, einfach ein Schiff bauen zu lassen, sondern er besorgte sich einen Stapel einschlägiger Bücher, vertiefte sich einige Monate in Baupläne, Berechnungen, Ausstattungsmöglichkeiten und Takelungsvarianten, heuerte dann einen Trupp Arbeiter an und ließ die »Snark« in eigener Regie bauen. Aber alles ging ihm zu langsam, er drängte voran, die Zeitungen, die bereits Vorschüsse auf seine Reiseberichte gezahlt hatten, witzelten über Jacks »Lieblingsspielzeug«, da machte ihm das große Erdbeben von San Francisco (18. 4. 1906) einen weiteren Strich durch die Rechnung. Doch seine packenden Reportagen vom Erdbeben beruhigten die Presse und der Bau des Schiffes ging weiter. Experten behaupteten, die »Snark« wäre nicht seetüchtig und andere derlei Dinge, da packte Jack verärgert eines Tages seine Sachen, ging mit Charmian und einigen Helfern an Bord und segelte mit der »Snark« nach Honolulu, um das Schiff dort fertigzubauen.

Diese zweijährige Fahrt mit der »Snark«, die ihn über Hawai und die Südseeinseln nach Australien brachte, war eine Serie von Pechsträhnen und Verrücktheiten und doch war Jack glücklich und in Hochstimmung. Sein tägliches Schreibpensum von tausend Wörtern erfüllte er trotz aller Hindernisse und so entstanden viele seiner schönsten Erzählungen, unter ihnen auch die »Südseegeschichten«, aus denen die Geschichte in diesem Band ausgewählt wurde.

In Sydney endete die Fahrt, die eigentlich rund um die Welt gehen sollte. Eine rätselhafte Krankheit zwang ihn, die »Snark« zu verkaufen und er kehrte mit Charmian auf einem schottischen Kohlendampfer über Ekuador zurück – zu einem begeisterten Empfang.

Im Jahr darauf (1910) begann er mit dem Bau des »Wolfshauses«. Es sollte ein Idealhaus werden und an Komfort und Ausstattung alles bisherige übertreffen. Jacks Sozialistenfreunde und die Zeitungen lästerten und als der Bau am Vorabend des Einzuges (1913), wahrscheinlich durch Brandstiftung, vollständig abbrannte, war Jack zutiefst getroffen. Mehr als alle anderen der vielen Schicksalsschläge ging diese Tat an seinen Lebensnerv und er hat sich nicht mehr richtig davon erholt.

Jack war, trotz der strahlenden Offenheit und der Herzlichkeit, die von ihm ausgingen, im Grunde ein tief empfindsamer und einsamer Mensch, der sich nur wenigen öffnete. Am besten charakterisiert dies eine Stelle aus einem Brief an Charmian:

»Ich liebe Offenheit sehr, aber ich habe mich daran gewöhnt, einer Vertraulichkeit aus dem Wege zu gehen, die zu einer Offenheit in wesentlichen Dingen führt. Oberflächliche Offenheit ist verhältnismäßig einfach, aber man muß dafür büßen, wenn man die trockenen Schalen,

die Herkömmlichkeiten, abstreift, die die Seele verbergen, und hüllenlos vor einem Menschen steht, der sehen kann. Ich habe dafür gebüßt, und wie ein Kind, das sich am Feuer verbrannt hat, hüte ich mich, zu oft diese Buße zu zahlen.«

Die folgenden Jahre zeigen Jack selten im alten Glanz. Er erscheint müde und unlustig. Eine Reise mit Charmian nach Hawai ändert daran kaum etwas. Es bedrückte ihn auch, daß er keinen Sohn hatte, dem er all das hätte beibringen können, was seiner eigenen Jugend fehlte. (Charmian hatte kurz vorher eine Fehlgeburt und ihr erstes Kind – ein Mädchen – starb drei Tage nach der Geburt). Zu den seelischen kamen körperliche Leiden, sein Magen revoltierte gegen die Speisen und eine sich verstärkende Urämie verschlimmerte die Situation.

Am 22. 11. 1916 fand ihn sein japanischer Diener morgens bewußtlos im Bett. Der herbeigeholte Arzt fand auf dem Tisch einen Zettel mit der Berechnung für eine tödliche Dosis zweier Beruhigungsmittel und pumpte ihm sofort den Magen aus. Trotz aller Bemühungen starb Jack am Abend desselben Tages.

Die Reaktion der Presse und zahllose Telegramme aus der ganzen Welt zeigten, wie beliebt er war. Für die Arbeiter auf der Ranch erschien es wie eine plötzliche Leere in ihrer Welt und einer von ihnen gab dem Ausdruck, was alle dachten:

»Ich habe das Gefühl, als ob ein Licht ausgelöscht ist, während doch nur so wenige leuchten, und daß der Weg jetzt dunkler und trauriger und schwerer geworden ist.«

Haß, Eifersucht und höhnische Kritik verstummten, selbst seine größten Neider versuchten, gerecht und freundlich zu sein. Einer seiner Freunde aber schrieb in einem Nachruf einen Satz, der heute noch so aktuell ist wie damals:

»Solange es Menschenherzen gibt, die für zarte Liebe empfänglich sind, solange es ehrliche Seelen gibt, die sich gegen Grausamkeit und Unterdrückung empören, so lange werden Jack Londons Bücher leben und gelesen werden.«

August 1990   Martin Sandkühler

BIOGRAPHISCHES ÜBER JACK LONDON

Barltrop, Robert: Jack London. Eine Biographie. München 1981.
London, Charmian: Jack London, das Abenteuer eines Lebens, erzählt von seiner Frau. Berlin 1976.
Stone, Irving: Zur See und im Sattel. Jack London – ein Leben wie ein Roman. München 1990.

INHALT

Lotse auf brennendem Schiff
5

Erklärung nautischer Begriffe
73

Biographische Skizze
77

OGHAM BÜCHEREI

MEDITATION
Erkenntnis als Kunst

von Manfred Krüger.
OGHAM BÜCHEREI 11.
1983. 72 Seiten.
ISBN 3-88455-011-X / Best.-Nr. 22011

In dieser Schrift soll gezeigt werden, wie die Erkenntniskräfte des Menschen durch Meditation gesteigert werden können.

Im ersten Teil wird die Meditation allgemein dargestellt, wie sie Rudolf Steiner in seiner «Geheimwissenschaft im Umriß» entwickelt und wie sie Goethe in seiner «Pädagogischen Provinz» als Übung der Ehrfurcht veranlagt.

Der zweite Teil enthält Beispiele für den Aufbau verschiedener Meditationen in der mantrischen Formulierung Rudolf Steiners.

Der dritte Teil zeigt die Ansätze zur Erkenntniskunst in meditativ erarbeiteten Aphorismen und Sprüchen, die den Leser anregen mögen, neue Wege zu finden. Es gibt nur einen Weg. Jeder Einzelne muß viele Wege gehen, wenn er sich dem Einen nähern will.

(aus dem Vorwort)

OGHAM VERLAG STUTTGART

OGHAM BÜCHEREI

VOM SINN DES LEBENS

Unsterblichkeit und Wiederkehr im Spiegel der Weltlyrik. Eine Anthologie, zusammengestellt von Alexander von Bernus, mit einem Geleitwort von Berthold Wulf.
OGHAM BÜCHEREI 12.
136 Seiten.
ISBN 3-88455-012-8 / Best.-Nr. 22012

Alexander von Bernus, der Dichter und Philosoph, der Alchimist und Heilkundige, der Freund und Zeitgenosse vieler bedeutender Persönlichkeiten, hat sich zeit seines Lebens mit dem Thema der Wiedergeburt beschäftigt.
Dir vorliegende Anthologie wurde von ihm noch selbst zusammengestellt, sie lag auf seinem Arbeitstisch, als er starb. Die jetzige Herausgabe erfolgt unter Mithilfe und Ergänzung von Frau von Bernus und enthält neben der Fülle von Gedichten aus der Weltliteratur auch wesentliche Beiträge von Bernus selbst.
Für die vielen Suchenden in der heutigen Zeit wird diese Sammlung eine gute Hilfe sein.

OGHAM VERLAG STUTTGART

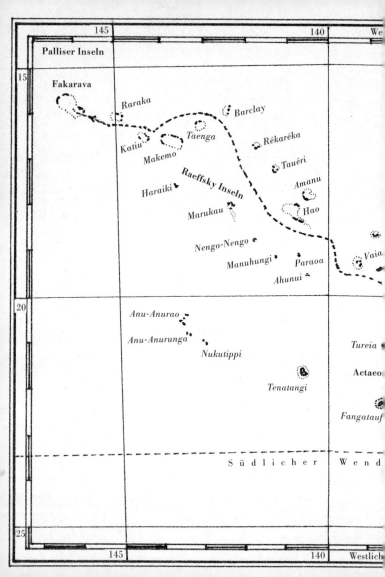